LE MONDE POÉTIQUE.

Imprimerie de DELACOUR et MARCHAND Frères, rue de Sèvres, 94, à Vaugirard.
Maison à Paris, rue St-Jacques, 80.

LE

MONDE POÉTIQUE

SUR

ADELPHE NOUVILLE.

Così a l'egro fanciul porgiamo aspersi
Di soave licor gli orli del vaso ;
Succhi amari, ingannato, in tanto ei beve,
E da l'inganno suo vita riceve.

TASSO.

PREMIER VOLUME.

PARIS,

JOUBERT,
Libraire-Éditeur,
14, rue des Grés.

JULES LABITTE,
Libraire-Éditeur,
3, quai Voltaire.

1844.

PRÉFACE.

Voici le premier volume d'un ouvrage qui pourrait prendre une étendue immense, si les difficultés de la vie humaine, si les susceptibilités d'une consciencieuse exécution, n'imposaient pas à l'auteur d'infranchissables limites. Ceci n'est que la première colonne du portique d'un palais entrevu dans un beau rêve : ceci n'est que le premier mot d'un grand poème entendu dans le silence de l'âme, répété parmi les murmures du monde, et défiguré par les dissonnances du langage des hommes.

Je l'avoue avec franchise : un sentiment de crainte modeste endolorit l'effort que je fais aujourd'hui, en offrant aux distrac-

1

tions du public cette première révélation de mes laborieuses espérances. Je crains, — qu'on me pardonne de parler ainsi! — je crains que cette première fleur ne soit ni digne d'être offerte, ni comparable à celles qui pourront s'ouvrir ensuite sur la même tige. Chose fatale au public comme à moi! Le public a trop de livres à lire, beaucoup trop ; et moi je sais aussi beaucoup trop que la destinée d'un homme dépend souvent tout entière de la première impression qu'il fait sur son protecteur. Pourquoi m'exposé-je ainsi à souiller l'avenir de mes autres œuvres ? il faut le dire.

Je crois, — malgré les dénégations de tant de beaux systèmes philosophiques dont les sonores erreurs caressent sans cesse mes oreilles —, je crois que chaque homme a son génie : et sans être fataliste comme les poètes de Schiraz et d'Ispahan, sans avoir chevauché sur Pégase dans les vallées du Ménale et du Cithéron, je crois qu'un poète a des inspirations involontaires auxquelles il ne peut se dérober sans mourir. L'harmonie est un fleuve immense qui dévaste les rivages du lit où il ne peut couler.

Jamais je ne me suis opposé à son passage. De là cette multitude de petits poèmes, sonnets, ballades, dialogues, élégies, idylles, drames, épitres, épopées, fables, épigrammes même, fruits de l'inspiration du moment, imitations teintes d'un reflet antique ou étranger, traductions rapides d'une impression profonde et invincible, que j'ai laissé tomber presque forcément sur le papier à toutes les heures de ma vie. Pourquoi perdrais-je ces choses qui m'appartiennent peut-être moins encore que l'existence de l'Amérique n'appartenait à Colomb ? De quel droit anéantirais-je ce que je n'ai pu empêcher d'être? Pourquoi ravirais-je à la terre une voix qui s'est servie de mes organes pour l'instruire et l'amuser?

Mais si je jetais les yeux sur les productions médiocres qui ont inondé tous les âges et tous les peuples, je sentais mon cœur se serrer. Mille autres hommes, me disais-je alors, se sont flattés d'une prédestination mensongère; et, au lieu de verser sur la douloureuse humanité quelques grâces consolantes, ils n'ont réussi qu'à y semer l'ennui, le sarcasme, et le dégoût de ces grâces mêmes. Et j'étais dans une indicible anxiété.

J'ai voulu, mais en vain, tuer en moi le génie poétique. Je l'ai cru fils de la paresse, frère de la folie, et compagnon de la vanité. Je lui ai arraché sa couronne d'or; mais je n'ai pu jamais dépouiller son front de son auréole céleste. Forcé de le reconnaître, je l'ai adoré.

Puis j'ai voulu ne rien produire qui fut indigne d'un tel maître. J'ai appelé l'art et la science au secours de la nature; j'ai pesé longtemps les avantages de la poésie avec ceux de la prose; enfin, j'ai interrogé tous les poètes de la terre, afin d'apprendre s'ils avaient tout dit. C'est le résultat de ces méditations souvent pénibles que je vais exposer avec sincérité aux yeux et à l'intelligence du lecteur.

On a prouvé historiquement que la poésie est naturelle à l'homme : ce n'est point ici ce dont il s'agit. Lui est-elle encore nécessaire? *That is the question.*

Métaphysiquement parlant, on peut dire que la poésie est une chose vaine, et que Pascal a eu raison de blâmer le *fatal laurier.*

Un raisonnement lucide qui donne à l'homme un appui, une espérance, une vérité, est au-dessus de la plus harmonieuse peinture de nos passions et de nos misères. Mais humainement parlant, on doit affirmer que la poésie est aussi nécessaire à l'âme que l'air est indispensable au corps. Exprimée ou sous-entendue, elle est partout, elle est en tout.

Une grande joie et une grande douleur ont besoin d'elle pour rester humaines; elle se glisse dans leur sein pour les adoucir, pour les pénétrer, pour les diriger; elle leur prête sa voix sublime, et les disperse en accents mélodieux. Elle délivre l'homme d'un lourd excès d'espérance ou d'amertume; elle lui communique, dans les situations critiques, une noblesse qu'il n'avait point; elle le blesse, dans ses folles ivresses, d'un pressentiment qu'il évitait. Il la nie, et elle le console; elle le guide, et il la méconnaît.

Elle est dans le cœur de la vierge et de la mère; elle y sanctifie l'amour, elle y cultive la pudeur. Elle est dans le cœur de l'homme à tous ses âges; elle lui fait aimer la nature et croire à l'immortalité de son être. Dans le cœur du meurtrier même, elle entre avec le repentir.

Elle se montre dans la pensée : un lieu extraordinaire l'inspire, un grand événement la produit. Elle se traduit de toutes les manières : elle dessine avec le peintre, et module avec le musicien.

Que fait le poète? Plein de cette chose que les autres hommes possèdent comme lui, mais qu'ils n'ont pas comme lui distinguée, il leur découvre ce qu'ils s'obstinent à ne pas reconnaître et à éprouver. Il arrache l'âme à une solitude funeste, en lui faisant entendre la voix d'une sœur. Il réunit les hommes de tous les siècles, en leur chantant l'analogie de leurs passions, la ressemblance de leurs plaisirs, l'identité de leurs malheurs. Il est, en un mot, l'immortel ami de l'humanité mortelle.

Comme il est des ondes torrentueuses qui se souillent, il est des poètes qui ne produisent qu'un peu de bruit, et dont le lit fangeux n'a jamais reflété la verdure de ses rivages ni la sérénité des cieux. On peut abuser de tout. C'est à l'âme malade ou prudente de choisir le ruisseau pur au sein duquel elle désire de se désaltérer.

Ayant reconnu la nécessité de la poésie, je devais arriver encore à reconnaître la nécessité de la rime : un roman est quelquefois aussi poétique qu'une épopée ; Bernardin de Saint-Pierre ressemble plus à Virgile que Lucain.

Dans une situation violente, originale et unique, une expression très-simple paraît appartenir à la plus exquise poésie : elle est un cri du cœur humain. Hors de là, la poésie doit se montrer à la fois dans l'expression et dans la pensée ; quelquefois même, elle est tout entière dans l'expression. Or, c'est en bouleversant, en remaniant, en châtiant les mots d'une phrase, qu'on parvient à leur donner une noblesse, une originalité, une *spiritualité* nouvelles. Quels sont les avantages de la rime ? c'est de forcer l'écrivain de se soumettre à ce châtiment, à ce remaniement, à ce bouleversement, principes d'ordre. La rime est pour nous la mère du rhythme, est le creuset de l'expression.

Voilà ce qu'est la rime au point de vue de l'art : au point de vue de la nature, elle est une de ces choses voluptueuses qu'il est impossible de définir, mais dont il est impossible aussi de ne point reconnaître la puissance : elle est à la parole, ce que la tonique est à la mélodie. C'est au théâtre, c'est dans le drame, que l'on peut observer avec le plus de succès les prestiges que cette enchanteresse répand toujours sur les multitudes attentives.

Le rhythme, suffisant pour les anciens, est moins senti par les modernes : néanmoins on l'aime encore lorsqu'il aboutit à la rime. J'ignore s'il en fut le précurseur ; je sais que, pour les français au moins, il en est le complément.

La poésie est nécessaire au monde entier ; la rime semble presque indispensable à la versification des peuples modernes ; la pensée humaine est-elle épuisée ? c'est ce qui me reste à examiner.

Le fanatique peut s'écrier : Tout vient de Dieu ! votre âme n'aura jamais de plus belles, de meilleures pensées que celles qu'ont produites les âmes des Bonaventure et des Augustin ! De son côté, le matérialiste peut dire : La matière, toujours la même, ne donnera désormais que ce qu'elle a déjà donné. A quoi bon écrire ? ajouteront-ils en même temps ; n'avons-nous pas lu quelque part ce que vous n'avez pas encore tracé ?

L'homme sage dira : Dieu ne peut-il pas aujourd'hui ce qu'il n'a pas encore voulu ? l'âme humaine ne participe-t-elle pas de l'infini ? — Trouvez-vous des identités dans la matière ? Croyez-vous qu'il y ait une ressemblance exacte entre deux roses ? Pourquoi voulez-vous que cette ressemblance existe entre deux esprits ?

Et quand tout aurait été dit, n'est-il pas utile de le répéter d'une autre manière? N'est-il pas utile, surtout, de rassembler, de trier, de coordonner ces accents incomplets, séparés, éparpillés sur la terre? Le temps perd aussi la mémoire; il ne hait pas la répercution faite à propos d'une parole entendue deux mille ans auparavant.

Mais non! tout n'a pas encore été dit. Nous ignorons, nous ignorerons peut-être trop longtemps, ce qui doit naître du mariage de la liberté avec le christianisme : cette union seule méritera bien des chants.

Nous connaissons peut-être toutes les vertus de l'âme, depuis celles de l'enfant jusqu'à celles du martyr ; nous connaissons peut-être encore toutes les passions du cœur, depuis celles de l'amant, qui ne voit qu'une femme dans le monde, jusqu'à celles de l'ambitieux, qui ne sait rien que soi dans l'univers : mais nous n'oserions affirmer que la peinture de ces passions et que l'apothéose de ces vertus, ont été faites avec le coloris le plus achevé, avec la plus complète harmonie. Affirmer cela, ce serait rendre l'avenir solidaire du passé; ce serait jeter des chaînes éternelles sur la liberté de l'homme ; ce serait ouvrir des routes rigides à la mobilité de son esprit ; ce serait croire à un miracle que Dieu lui-même, disent quelques philosophes, n'a pas pu faire ; en un mot, ce serait imposer à l'infini les limites du fini.

Les mœurs des peuples de l'antiquité, celles des chrétiens à la chûte de Rome, celles des maures d'Afrique et d'Espagne, celles des barbares du Monde-Ancien et celles des sauvages du Nouveau-Monde, encore peu connues, peu décrites, peu chantées, sont dignes d'occuper désormais la lyre ou la harpe des poètes modernes. En même temps, quelles choses méritent plus l'immortalité du vers, que celles qui se passent de nos jours? Quoi de plus beau, de plus pittoresque, de plus poétique, en un mot, que cette évangélique pitié, que cette moralité chrétienne, qui descend, comme la rosée, sur un monde fatigué de la méditation du néant terrestre?

Explorer les idées et les coutumes de tous les peuples du monde, aux principales époques de leur histoire ; imiter, dans le drame ou dans la description qui traiteront de ces coutumes et de ces idées, la poétique des écrivains remarquables qui ont été contemporains de ces époques principales ; dérober à ces écrivains la forme de leurs poèmes, les ressources de leur art, l'originalité de leurs expressions même ; les montrer, ces écrivains, dans toute leur grandeur ou dans toute leur naïveté ; apprendre aux hommes, par l'exemple, que les beautés des poèmes essentiellement chrétiens, sont au moins égales aux plus grandes beautés des productions du paganisme, du mahométisme, de l'idolatrie et de la mélancolie moderne : tel est le but que je me suis proposé, non pas d'atteindre, mais d'indiquer du doigt à mes successeurs.

Donc cet ouvrage, dont le titre s'explique maintenant, contiendra tous les genres créés par les poètes, depuis l'élégie jusqu'à la tragédie, depuis le sonnet jusqu'à l'épopée. Beaucoup de ces morceaux sont achevés. Cet ouvrage sera le lien historique, philosophique et poétique, entre le passé, le présent et l'avenir. Il devait paraître, puisqu'il m'a coûté assez peu pour que je le croie doué de quelque sève, et beaucoup trop pour que je le dénature encore avec la lime mortelle d'une réflexion souvent vétilleuse et mécontente.

C'est ici le moment de dire que je n'appartiens à aucune école, que je ne comprends pas même ce qu'en poésie on nomme *école*. Un poète n'a qu'un maître : c'est son âme, c'est sa vocation, c'est son génie; c'est ce génie individuel dont j'ai parlé. Un poète ne doit chercher dans les écrits des hommes que ce qu'il peut sentir comme eux, que ce qu'ils expriment quelquefois beaucoup mieux qu'il ne peut le sentir même. La vérité du sentiment, le naturel de l'expression, le *naturel de l'art,* si l'on veut, voilà tout ce qu'il doit méditer, adorer et imiter. Ces deux ou trois admirables choses se retrouvent dans les ouvrages de tous les grands écrivains de la terre : seulement elles sont plus ou moins complètes, plus ou moins soutenues, plus ou moins prolongées.

Je serais tenté de croire que l'âme ne connaît qu'un seul idiôme : à l'appui de cette hypothèse, j'appelle en témoignage tous les hommes assez bien organisés, qui ont étudié les langues anciennes et les langues étrangères ; ils ont dû remarquer mille fois que les passages qu'ils comprenaient le plus aisément, sont ceux que l'on regarde comme les plus beaux fruits de la pensée et de l'harmonie humaines.

Quant à moi, en lisant les écrits de l'antiquité ou ceux du monde contemporain, je me suis senti souvent ébloui par la lumineuse vérité d'une pensée, ou par l'originalité piquante d'une expression : alors je me croyais transporté dans d'autres temps, dans d'autres lieux, dans une autre existence ; je partageais et la vie, et les mœurs, et les sentiments de l'homme qui venait de me transmettre une part de son âme ; et sous cet empire, j'écrivais. J'écrivais avec les préjugés, les sentiments, les idées d'Homère, dans un langage différent du sien.

Si l'on appelle ceci traduire ou imiter, je répondrai : C'est avec des livres qu'on fait des livres ; l'homme de goût voit une lutte glorieuse où l'homme vulgaire trouve un vil larcin ; enfin, c'est avec les débris des temples payens qu'on a bâti l'un des plus beaux monuments de l'architecture chrétienne, la cathédrale de Pise.

Au reste, on lira, dans le cours de ces volumes, plusieurs poèmes dont j'eusse vainement cherché les modèles.

Un des volumes de cet ouvrage contiendra un poème didactique intitulé : *Essai sur l'art poétique.* Dans ce poème, je développe quelques théories, non pas nouvelles, mais souvent oubliées, sur la pureté de l'art et sur l'étude des époques. Pour ne point répéter en prose ce que j'ai déjà écrit en vers, je citerai le passage qui traite des traductions d'Homère, et qui s'applique malheureusement à la plupart de celles qu'on a faites, non-seulement des auteurs grecs, mais encore des écrivains des autres nations qui ont une littérature.

Je le demande ici, que penserait Homère,
S'il repassait son Styx pour rentrer sur la terre,
S'il arrivait chez nous par quelque dieu conduit :
Que pourrait-il penser de ceux qui l'ont traduit ?

Quand on lui relirait, sous d'autres mots tracées,

Tout le double trésor de ses nobles pensées,

Et même ses beaux vers restés harmonieux,

Des larmes de plaisir tomberaient de ses yeux.

— Qu'importe, dirait-il, cette langue inconnue

Dont la douce clarté m'est tout-à-coup venue ?

Qu'importe que mes chants soient ainsi transformés ?

N'y retrouvé-je pas tous mes héros aimés ?

N'y puis-je entendre même Andromaque plaintive,

Le loquace Nestor et le grossier Thersite ?

N'y puis-je voir enfin mes plus heureux tableaux,

Depuis mon arbre né pour voguer sur les flots,

Jusqu'à l'heure sans nom où dans l'humble vallée,

Fuyant de mes guerriers la sanglante mêlée,

Le pauvre bûcheron prépare son repas ?

Mais quels sont ces héros que je ne connais pas ?

Quel est ce Jupiter dont le suprême empire

S'étend splendidement sur tout ce qui respire ?

Est-ce mon roi des dieux que l'on appelle ainsi ?

Quelle est cette Junon ? quelle peut être aussi

Cette belle Vénus qui porte la ceinture

Qu'Aphrodite ceignait ? qu'est-ce enfin que Mercure ? —

Ainsi dirait Homère : et que répondre alors ?

Ignorant le passé, venu des sombres bords,

Saurait-il seulement ce que c'est que la *Grèce* ?

Supposons qu'un savant à l'instruire s'empresse,

Lui dise que ces noms nous viennent du latin :
— Où suis-je ? s'écrierait le poète incertain ;
Comme l'Hellade, ô France, as-tu des dialectes ? —
Le savant répondrait : — Nous sommes trop correctes
Pour former un seul corps de vingt membres divers ;
Nous parlons purement, même jusqu'en nos vers ;
Mais nous avons soumis la raison à l'usage.
Tout en vous traduisant dans notre pur langage,
Nous avons conservé les noms que les Romains
Donnaient à vos héros humains ou surhumains :
Contre un tel changement en vain le goût s'irrite,
Moi je trouve Vénus plus coulant qu'Aphrodite.
J'en suis fâché pour vous : mais qu'importe après tout ?
L'objet reste l'objet. Pour aller jusqu'au bout,
Et pour vous raconter un fait bien plus étrange,
Votre Odysse chez nous en Ulysse se change ;
Mais le poème exquis qui chante les travaux,
Les pensers, les malheurs de ce divin héros,
C'est toujours l'Odyssée et non l'Ullysséide.
Je conviens que cela me semble un peu stupide ;
Mais l'usage est sacré : nous le respectons fort ;
Et nous n'osons jamais demander s'il a tort,
Fût-il inconséquent, et fantasque, et barbare !
J'ai dit. — En écoutant un discours si bizarre,
A défaut du mépris qu'il n'a plus dans les yeux,
L'aveugle de Chio rirait comme ses dieux.

J'ai évité avec soin de tomber dans les erreurs dont rirait Homère, et qui, si je ne me trompe, répandraient un jour dans la poésie et dans l'histoire une universelle confusion. Je crois que l'art défend autant de donner le nom de Vénus à l'Aphrodite des poètes de l'Hellade, qu'à la Freya des scaldes du Nord.

Ce premier volume ne contient guère autre chose que des poésies legères, guère autre chose que des *amatoria*. Cela me paraît être de toute justice : c'est à l'amour qu'un poète doit payer son premier tribut.

On remarquera, dans le *romancèro* de Grenade, une nouvelle sorte de vers ; ce n'est pas la seule tentative que j'ai faite dans ce genre. Du reste, la création du vers de dix syllabes divisé en deux hémistiches égaux, est loin de m'appartenir; on le trouve, même à notre époque, dans la dernière tragédie du grand poète dont la France déplore la perte récente.

Il me reste un dernier mot à dire sur l'importance que je semble attacher à la forme, à la régularité, à la symétrie de mes petits poèmes : cela ressemble assez à ce que j'ai dit sur l'utilité de la rime. Non-seulement la forme est une imitation historique; mais elle est encore, comme la rime, un frein pour la pensée hasardeuse du poète, un moule excellent où se sculpte l'expression de cette pensée; elle est enfin un moyen mnémonique pour les hommes. On ne sait rien des longs discours en vers qui se déroulent dans le vague avec l'ambitieuse extension d'une déclamation oratoire : mais on retient aisément un petit sonnet, les strophes d'une ode, l'étroit tableau d'une élégie ; et longtemps, sur les lagunes de Venise, les gondoliers ont chanté les *ottave di Tasso.*

Paris, le 1er Octobre 1844.

I.

POÉSIES CONTEMPORAINES.

I.

UN PREMIER AMOUR.

POÈME EN SONNETS.

> Ille dies primus lethi primusque malorum
> causa fuit.
>
> Virgilius.

1839.

I.

LE PREMIER TROUBLE.

Au fond du frais ravin où roule un gai murmure,
Vers l'abri des coteaux embaumés par les airs,
Sous l'aubépine en fleur, sur la jeune verdure,
Dans les chemins battus, dans les sentiers déserts,

En vain je vais errant; en vain ma voix adjure
Les champs, les eaux, les bois, leurs soupirs, leurs concerts :
Mon cœur seul est ému, ma raison reste obscure :
Tout est pour elle encor muet dans l'univers.

J'ai vingt ans, et je sens que mon âme est avide.
Est-ce des pleurs du jour? de la brise rapide ?
Ou des chants du matin exhalés en tous lieux ?

Sous le poids d'un désir inquiet et timide,
Je soupire, et je suis d'un long regard humide
L'oiseau sous la feuillée et le nuage aux cieux !

II.

PAYSAGE.

Le vent devient plus frais, l'ombre naît : c'est le soir.
Par ses longs tintements la cloche du village
Hâte le pas tardif de l'homme qui voyage,
Ramène les troupeaux au limpide abreuvoir ;

L'oiseau vole à son nid ; et, cessant son ramage,
Sûr d'un nouveau matin, il s'endort plein d'espoir :
Vous passez devant moi, joyeux, et sans me voir,
Vous tous, hôtes des champs, des prés et du feuillage !

Et je suis là, pensif, épiant dans la nuit
L'écho faible et plaintif qui vient de votre bruit,
Ou de vos mouvements l'apparence bizarre !

La vie offre sans cesse une pente pour vous ;
Mais moi, j'erre au hasard sur des sentiers moins doux :
Une fleur, un rayon, une ombre, un rien m'égare !

III.

A LA MER.

O mer, gouffre animé, comprends-tu la tempête ?
A qui réponds-tu donc par tes rugissements ?
Pourquoi ces bruits aigus, ces chocs, ces claquements,
Que l'écho dans les airs mêle, roule, et répète ?

Les rocs semblent sur toi courber leur sombre tête,
Et l'éclair, de leur front tombant à tous moments,
Te montre, mais en vain, tes impuissants tourments :
A d'éternels combats ta rage immense est prête !

Hélas ! tel est mon cœur ! Souvent s'agite en moi
D'un vague et long désir le douloureux émoi :
Je marche à pas pressés ; ma raison m'est ravie !

Un astre sur tes flots monte en versant la paix :
Quelle main tirera de son nuage épais.
L'étoile d'or qui doit se lever sur ma vie ?

IV.

AUX FEMMES.

De crainte et de désir indicible mélange !
O femmes, quand je vois votre front noble et doux,
Je trouve en vous l'aspect, la déité de l'ange,
Et malgré moi je sens se ployer mes genoux !

Mais un frisson léger, une terreur étrange,
Trouble aussitôt mon cœur, et se glisse entre nous
Comme le vent sur l'onde : est-ce Dieu qui se venge
De l'adoration qui m'entraînait vers vous ?

Je vous cherche en fuyant. Si dans ma solitude,
L'une de vous surprend ma rêveuse attitude,
Je palpite de joie et je pâlis de peur.

Est-ce un avis secret de la pudeur humaine ?
Ah ! votre amour fût-il dégradant et trompeur,
Je ne pourrais pour vous ressentir de la haine '

v.

LE SONGE.

Salut! trois fois salut, esprit mystérieux!
De quel pays d'amour viens-tu donc sur ton aile?
Messager lumineux, quelle voix solennelle
T'ordonna d'arracher le voile de mes yeux?

Tu vins pendant la nuit, d'un vol silencieux,
Lever sur moi ta main qui dans l'ombre étincelle :
Es-tu l'hôte inconnu que notre front recèle?
La fée au sceptre d'or? l'ange exilé des cieux?

Mes traits sont rayonnants d'un suave délire;
Des pleurs de volupté coulent sur mon sourire :
C'est que des troubles vains à ton signal je sors!

L'ivresse s'est trahie en effleurant ma couche.
J'ai vu sous mes baisers éclore une autre bouche,
Et dans mes bras heureux glisser un autre corps!

VI.

LA RENCONTRE.

Un pauvre et vieil aveugle implorait sur ma route
La bonté des passants : je me suis arrêté.
— L'eau du ciel, disait-il, distille goutte à goutte ;
Homme, imite ton Dieu ! pense à la charité. —

Conduite comme moi par la pitié sans doute,
Une femme aussitôt parût à mon côté :
Je n'osais contempler l'être que je redoute,
Et pourtant je voyais sa grâce et sa beauté.

Dans la main du vieillard nos dons unis tombèrent.
Nos yeux, en se levant tout-à-coup, échangèrent
Un salut réciproque, un bienveillant regard.

Nous rougîmes tous deux de nous voir nous sourire.
Quel est donc le bonheur que j'éprouve à décrire
Ce simple évènement produit par le hasard ?

VII.

PREMIER TRANSPORT.

Je l'ai vue! une voix dans mon cœur dit : c'est elle!
Adieu, sombres forêts où j'allais m'égarer!
Rive à moi seul connue, onde à mes vœux fidèle,
Salut! il faut sans moi fleurir et murmurer.

Loin de vous désormais un doux dessein m'appelle;
J'ai su connaître enfin qui je dois adorer;
Blanche et blonde, elle est jeune, intelligente et belle :
Ce n'est que sur ses pas que je prétends errer.

Enfant, conduit déjà par un instinct de l'âme,
Dans des vers célébrant les charmes d'une femme,
Je cherchais de l'amour le mot délicieux;

Plus tard, je l'épelais dans la nature entière;
Aujourd'hui je le trouve éclatant de lumière,
Ecrit sur le rayon que lancent deux beaux yeux!

VIII.

LE PREMIER CHAGRIN.

Vous que j'ai vue à peine une heure de ma vie,
Vous dont l'œil m'a semblé si brûlant et si doux,
Loin de moi, belle enfant, mon cœur vous a suivie;
Vous m'oubliez sans doute, et moi je pense à vous.

N'était-ce pas assez que je garde l'envie
De ces jours innocents dont le ciel est jaloux ?
Comme mes jeunes ans, m'êtes-vous donc ravie?
Que je suis insensé! je pleure à deux genoux.

Malheureux descendants d'une même famille,
Dans le vaste désert où l'homme erre et fourmille,
Nous passons, côtoyant des frères inconnus;

L'œil se pose un instant sur quelqu'un de la foule;
Nous voudrions l'aimer, mais tout se mêle et roule : —
Peut-être qu'ici-bas je ne vous verrai plus !

IX.

LE PREMIER BONHEUR.

J'avais vu sans plaisir l'azur d'un beau matin ;
J'allais, las de la vie, et selon ma coutume,
Etudiant en moi ma secrète amertume ;
Et je brisais des fleurs en songeant au destin.

Quand ma vue au hasard perçant au loin la brume,
Un objet me frappa, comme un astre lointain :
Un autre eut hésité, j'étais déjà certain ;
Demandez à mon cœur pourquoi l'air se parfume !

Le printemps aussitôt se parant de clartés,
Fit briller son sourire à mes yeux enchantés :
O femme, c'était vous que je voyais paraître !

Un doux charme, on l'eut dit, et que ne croit-on pas !
Colorait votre front, ralentissait vos pas ;
Et vos regards baissés semblaient me reconnaitre.

X.

LES SYLPHES.

Les sylphes sont un peuple aimable et fantastique :
Quand un beau clair de lune argente les ruisseaux,
Tour à tour on les voit balancer les roseaux,
Rouler de feuille en feuille au pied du chêne antique.

L'un d'eux, pour effrayer de tout jeunes oiseaux,
Berce et penche leur nid sur la branche élastique ;
Ou bien, gai nautonnier d'une fleur aquatique,
Il vogue sans rider la surface des eaux.

L'autre cherche au matin la couche virginale :
Entre deux seins de lys, il se glisse et s'installe ;
Des rêves qu'il inspire, il rit, l'audacieux !

Puis, délicat, posé sur les lèvres des belles,
Du léger battement de ses petites ailes,
Il parfume des sons qu'il rend mélodieux.

XI.

LE BANC SOUS LES TILLEULS.

C'est là, sous ces tilleuls, que je l'ai vue assise !
Là, sur ce banc de pierre, et sous ce cintre vert !
Sa main sur ses genoux tenait un livre ouvert,
Comme ses blonds cheveux, agité par la brise.

Aux doux échos du cœur on l'eut dite soumise :
Penchée, elle écoutait quelque intime concert;
D'une teinte d'amour son front semblait couvert;
Et dans ses yeux brillait une larme indécise.

Et moi, lent et craintif, vers elle j'avançais ;
Dans mes pensers jaloux, tout bas je me disais :
Toujours son jeune sein soupire et se soulève !

Depuis, combien de fois, à l'ombre d'un beau soir,
Pensif, je suis venu comme elle ici m'asseoir,
Pour songer à l'objet qui lui causait ce rêve !

XII.

L'ORAGE.

Un air sombre et brûlant pèse sur la nature ;
Le feuillage est sans jeux, et la brise sans bruit ;
L'oiseau qui voit du ciel la voûte plus obscure,
Jette un cri de détresse et d'un vol lourd s'enfuit ;

Déjà du frais ruisseau l'onde paraît moins pure ;
L'insecte aux pieds légers, par son instinct conduit,
Va cacher son silence au fond de la verdure ;
L'homme, en quittant ses champs, regarde où l'éclair luit.

La pluie, en ruisselant, saute de feuille en feuille ;
La cîme des rameaux en perles la recueille ;
La foudre à l'horizon étend ses ronflements.

Moi seul, je marche encor, le front haut, l'œil avide :
Le corps est délicat, quand l'âme est froide et vide ;
La tempête jamais n'effraya les amants !

XIII.

LA PROMENADE.

Nous marchions à pas lents, ô ma jeune compagne,
Tous les deux, sans oser nous sourire ; et nos yeux,
Après avoir erré sur toute la campagne,
Par un commun accord se levaient dans les cieux.

Vers l'astre du couchant coupé par la montagne,
Nous dirigions nos mains dans un salut pieux ;
Et la mélancolie, ivresse qui se gagne,
Arrachait de nos voix des mots religieux.

Comme une même ardeur confondait nos pensées !
Comme elles s'envolaient l'une à l'autre enlacées !
Comme ce chaste hymen était plein de douceurs !

Nos âmes, franchissant dans leurs élans sublimes,
Les mêmes sommités et les mêmes abîmes,
Sentaient la volupté de se connaître sœurs !

XIV.

LA SOLITUDE.

Il est, bien loin du monde et de toutes ses voix,
Muette, calme et douce, une fée inconnue,
Qui de son doigt écrit des rêves sur la nue,
Et qui de souvenirs aime à peupler les bois.

Tout en évitant l'homme, elle a sur lui des droits :
Du riche et du méchant raillée ou méconnue,
Elle attend que pour eux son heure soit venue,
Et règne dans leurs cœurs, proscrite de leurs toîts.

Mais au fidèle ami, mais au jeune poète,
Mais à toute âme enfin que l'amour inquiète,
Elle se plaît sans cesse à sourire, à donner :

Pour eux dans son désert elle fait naître un monde ;
Ils y sont comme au sein d'une magique ronde
Qui tourne, et qui de fleurs cherche à les couronner.

XV.

LE PORTRAIT.

Pas légers, doux maintien, céleste négligence !
Beaux yeux dont la fierté souvent noircit l'azur,
Cou du cigne, aussi blanc que le lait le plus pur,
Front sans tache, repos de tant d'intelligence !

Bouche de rose où dort, où sourit l'innocence,
Plus en paix que l'oiseau dans son vallon obscur ;
Voix dont le son est tendre et dont le charme est sûr,
Dont un ange envierait la magique puissance !

Tant de raison aussi sous de si blonds cheveux !
Près de vous, plein de trouble, incertain dans mes vœux,
Je cède à la vertu qui m'enchante et m'impose :

Mon regard, se levant en se voilant d'effroi,
Passe de vous au ciel ; et je sens tout en moi
Vouloir s'agenouiller où votre pied se pose !

3

XVI.

PREMIÈRES PAROLES D'AMOUR.

Oh ! laisse-moi t'aimer ! Si, pauvre et solitaire,
Je porte dans mes yeux la trace de mes pleurs,
Si, du monde oublié, je n'ai sur cette terre
Que les biens de l'abeille, un murmure et des fleurs ;

Oh ! laisse-moi t'aimer ! mon âme est tout mystère :
Tu la verras, féconde en splendides couleurs,
Longtemps des feux du ciel humble dépositaire,
Dépouiller à tes yeux l'ombre de ses douleurs !

Oh ! laisse-moi t'aimer ! le veux-tu, jeune fille ?
Tu seras mon pays, mes amis, ma famille !
J'ai peut-être pour toi quelque secret trésor !

Je sens que ton amour deviendrait mon génie !
L'aube, même au désert, éveille une harmonie,
Change une larme même en une perle d'or !

XVII.

LE NOM.

Il est un nom si doux, si doux à mon oreille,
Que ma bouche le chante à chaque heure du jour,
Qu'il passe encor sur moi la nuit quand je sommeille,
Souffle d'un ange ami, murmure de l'amour!

J'aime le bruit léger des ailes de l'abeille;
J'aime des moissonneurs la chanson du retour;
J'aime les sons confus du hameau qui s'éveille,
Et l'écho des vallons répondant à son tour!

J'aime, oh! j'aime surtout la lointaine harmonie
De l'astre parcourant son ellypse infinie;
J'aime les vers brûlants que le cœur engendra!

J'aime l'accent amer des larmes d'un poète!
Mais que sont tous ces chants quand en moi je répète
Le doux nom que j'entends sans cesse, ô ma Clara?

XVIII.

L'APPUI.

Humble, pauvre, oublié sur un sol inconnu,
Lorsque, seul avec Dieu, l'ermite pleure et prie,
Il voit souvent un ange, à son aide venu,
Lever un doigt brillant vers une autre patrie.

Quand, las de ses tourments, le pécheur montre à nu
Ses dégoûts, ses terreurs, sa poitrine meurtrie,
Par l'espérance encore il se sent soutenu :
Car la rosée abreuve aussi la fleur flétrie.

Si la mer en courroux se perd dans un ciel noir,
Le pilote inquiet retrouve son courage
Dans les rayons lointains de l'étoile du soir.

Ah ! contre le désert, le monde, et tout orage,
N'ai-je pas et mon ange, et mon astre, et l'espoir ?
N'ai-je pas mon amour ! n'ai-je pas votre image ?

XIX.

APRÈS UNE LECTURE DE VIRGILE.

Virgile m'a conduit dans sa belle patrie ;
Sur ses monts paternels auprès de lui j'errais :
Ah ! si j'avais sa voix, de tant de pleurs nourrie,
Je saisirais ma lyre, amie, et te dirais :

Près de l'onde qui bat une rive fleurie,
Sous l'opaque fraîcheur des peupliers épais,
Tu vas, foulant aux pieds l'élastique prairie,
Goûter d'un matin pur l'harmonieuse paix !

Mais, rapide, inconstant, l'éclat qui t'environne,
Pour s'enfuir, comme une ombre, attend demain l'automne :
L'aube passe ; ainsi fait la parure des champs !

Hélas ! comme les fleurs, nos destins sont fragiles !
Dois-je, ô mon doux trésor, sur mes heures agiles,
Echo de ma souffrance, éparpiller mes chants ?

XX.

L'IMAGINATION.

Quand un long jour se traîne, et que sur ma fenêtre
La pluie a déposé des perles sans éclat;
Quand du stérile ennui qui pèse sur mon être,
Le sentiment sans pleurs me dessèche et m'abat;

L'imagination, dont loin de moi peut-être
La fatigue enchaînait le pittoresque ébat,
Revient, souffle divin, me forcer à renaître:
L'insensibilité vainement la combat.

Je ne te dirai point, ô ma jeune maîtresse,
Tout ce que chante alors sa voix enchanteresse!
Ni combien ses pinceaux tracent de traits hardis!

Elle a déshonoré plus d'une vierge pure.
Ce qu'elle ose pour moi, ses accents, sa peinture,
Seraient, quoique bien doux, de toi-même applaudis!

XXI.

SUR L'AMOUR.

Qu'est-ce donc que l'amour? insensé, le sais-tu?
Mais c'est lui qui toujours ou m'oppresse ou m'agite.
Tantôt, pleine de feu, ma poitrine palpite;
Tantôt, d'ombre couvert, mon front est abattu.

Brave et lâche ennemi vainement combattu,
Il rampe autour de moi, s'il voit que je l'évite;
Si j'ose le flatter, il me raille et s'irrite :
De contradictions il semble revêtu.

L'amertume me suit, le bonheur me devance;
Je marche environné de chants ou de silence;
Sans chagrin, sans plaisir, je pleure ou je souris.

Etrange passion qui fait mourir et vivre!
C'est un mal dont notre âme à regret se délivre,
Un bien que notre cœur conserve avec mépris.

XXII.

LES DEUX AMOURS.

Clara, j'aime à la fois deux jeunes orgueilleuses.
L'une, — pourquoi mon cœur l'a-t-il choisie ainsi? —
En voyant sur mon front l'ombre d'un long souci,
M'accable avec froideur de questions railleuses.

L'autre est la poésie : elle est ingrate aussi.
Du miel de ses baisers d'autres bouches joyeuses
En ont rendu souvent mes lèvres envieuses;
Mais à le savourer je n'ai point réussi.

Pourtant elle a parfois un air qui m'encourage :
Elle cache en riant, dans l'onde ou sous l'ombrage,
La rime que ses yeux m'apprennent à trouver;

Souvent encor sa main vers moi se tend, et sème
Sur la fleur que je cueille un parfum que l'on aime,
Sur mes vers étourdis des mots qui font rêver.

XXIII.

CHAGRIN.

Oui, je suis quelquefois taciturne et morose.
A la voix du destin forcé de voyager,
Je passe dans la vie ainsi qu'un étranger,
Sans trouver un ami sur qui mon œil se pose.

Le monde était jadis teint d'azur et de rose ;
L'enfance me prêtait un prisme mensonger
Que l'âge vient déjà ternir et déranger :
Je n'admire plus rien sans en chercher la cause.

La gloire m'appelait dans ses brillants palais ;
Sur les pas du malheur follement j'y volais :
Cet élan m'a brisé : j'oublie un beau délire !

Miroir de mes pensers, mon front est ténébreux.
Seule, Clara, tu peux me rendre encore heureux :
A ma bouche un baiser laisserait un sourire !

XXIV.

LE PREMIER BAISER.

O mon Dieu ! qu'ai-je fait ? que je hais mon courage !
Qui m'a rendu si vain et si vîte oublieux ?
Oh ! comme à deux genoux je maudis cet outrage,
Quoiqu'il fût et bien court et bien délicieux !

J'avais cru, ma Clara, voir sur votre visage
Se poser le désir, sylphe capricieux :
Et ce n'était, hélas ! que l'ombre du feuillage
Que la brise un moment fit flotter sur vos yeux !

Des vagues jeux de l'air serai-je la victime ?
N'ont-ils pas effacé la trace de mon crime ?
Un silence si long punir un seul baiser !

Au lieu de me venger d'un larcin si rapide,
Moi, je vous bénirais, si, de la mienne avide,
Votre bouche essayait longtemps de s'y poser !

XXV.

LA PREMIÈRE QUERELLE.

Se plaindre ! m'accuser ! ô fille d'Ève ! ô femme !
Vous, aimer mieux que moi ! Clara, vous vous vantez !
Au nom de mes tourments, au nom de vos beautés,
Daignez avec franchise interroger votre âme !

L'œil, sortant de la nuit, s'accoutume à la flamme ;
En amour depuis peu j'ai certaines clartés :
Bien qu'il me plaise assez que votre voix réclame,
C'est moi qui sais aimer ; et pour preuve, écoutez !

Si vous me demandiez quelque baiser bien tendre,
Aussitôt, — ah ! devrais-je aujourd'hui vous l'apprendre ! —
J'en donnerais deux cents, et sans regret aucun ;

Mais, hélas ! soit dédain, raillerie ou caprice,
Votre bouche a pour moi beaucoup trop d'avarice :
Hier, j'en voulais mille, elle n'en donna qu'un !

XXVI.

LE LIT DE MOUSSE.

Si tu voulais venir, je sais au bord d'un bois,
Sur le gazon touffu, sous l'humide feuillage,
Un lit où je t'ai vue en songe bien des fois :
Tu rempliras le trône où passa ton image !

J'ouvrirai devant toi les rameaux du bocage,
En gardant d'effrayer de quelque bruit de voix,
Le pauvre oiseau tardif, qui, ployant sous son poids,
Par la lune trompé, cherche encor de l'ombrage.

Viens, nous irons tous deux ; viens, nous joindrons nos mains,
Si la lueur des nuits change sur nos chemins
L'arbre en fantôme blanc, l'abîme en pente douce ;

Si nos tendres discours, en se mêlant tout bas,
Font incliner ton front et font languir tes pas,
Ne crains rien : le vallon a des tapis de mousse !

XXVII.

IVRESSE.

Souvenance indicible, intime, enchanteresse,
Pourquoi sur ce papier diriges-tu ma main ?
Mes yeux sont assombris du voile de l'ivresse,
Et ma plume rencontre une larme en chemin !

Et toi qui veux chanter, ô mon cœur, qui te presse !
Ta joie est au-dessus de tout langage humain !
Pour que j'ose exprimer tes élans de tendresse,
Laisse-moi t'écouter au moins jusqu'à demain !

Et par la volupté ma voix trop attendrie,
Ne peut rien que bénir l'heure à jamais chérie
Dont le timbre tardif a sonné mon bonheur !

Salut ! instant sacré ! salut, jour mémorable !
C'est toi qui, me guidant vers un lieu favorable,
D'un trésor envié m'as rendu le seigneur !

XXVIII.

VOLUPTÉ

Tiens ! prends mon ciel, mes fleurs, mon oiseau qui butine;
Prends mes flots agités sous un feuillage obscur;
Prends mon lever du jour, prends l'air de ma colline;
Prends de ma douce nuit l'ombreux et pâle azur !

A toi les souvenirs de ma vie enfantine,
De ce passé stérile, incomplet, mais si pur !
A toi le but secret où mon pas s'achemine,
Et ma gloire incertaine, et mon renom futur !

A toi ce monde intime et si joyeux d'éclore !
A toi tous les pensers que le bonheur colore,
Tous les rayons divins dans l'âme déposés !

Tout à toi ! tout à toi, jeune ange que j'adore !
Mais seulement permets que je sourie encore
Devant ton sein de lys rougi par mes baisers !

XXIX.

CONSOLATION.

Tu voiles vainement, sous un triste sourire,
Les douloureux regrets que m'ont trahis tes yeux ;
Ton cœur, à s'alarmer trop vîte ingénieux,
A souillé de son fiel ta bouche qui soupire.

Ton abord réservé, grave, silencieux,
Surtout ce son de voix dont la douceur déchire,
Oui, tout cela m'apprend ce que tu crains de dire :
Ton chagrin insensé peut-il s'exprimer mieux ?

Fais-tu de la vertu quelque avare chimère ?
La coupe de nos jours, amie, est bien amère !
Nous avons tous besoin d'onde pure et de miel.

Quand aucun froid calcul, aucun besoin du vice,
Affreux semblants d'amour, n'en font une complice,
La femme qui se donne est un ange du ciel !

XXX.

L'INSPIRATION.

Parfois, comme un enfant que sa mère conseille,
J'écoute, tout pensif, ton doux causer d'amour ;
Quand descendant soudain d'un mystique séjour,
Se mêlant à la tienne, une autre voix m'éveille.

Mon front se lève alors : tu rêves à ton tour ;
Et ton regard furtif se baisse et me surveille.
Craindrais-tu donc en moi cet esprit qui sommeille,
Mais qui chante aussitôt qu'il entrevoit le jour ?

Des oiseaux, ma Clara, je suis le jeune frère ;
Faible encor, par moments, je m'abats sur la terre ;
Mais mon aile se gonfle et croît rapidement :

Sur mes ressouvenirs, vagues d'air condensées,
Au foyer créateur des chants et des pensées,
Je monterai bientôt avec ravissement !

XXXI.

L'ATTENTE.

Non, ce n'est pas le jour! comme la nuit est lente!
Mon regard cherche, appelle, implore le soleil!
J'entends tinter au loin l'horloge vigilante ;
Le coq même a redit son matineux éveil.

Mais en vain je m'étends sur ma couche brûlante,
Le temps ne s'enfuit point, perdu dans le sommeil :
Combien de fois j'ai pris une lueur tremblante
Pour l'aube au front paré d'un cercle de vermeil!

Pourquoi m'as-tu promis que la première aurore
T'amènerait ici dans un but que j'ignore ?
Ah! l'espoir de te voir est un tourment pour moi !

Tes pas, ange du ciel, vont m'entraîner peut-être
Vers l'indigent mourant qui t'attend pour renaître :
Viens donc! nous sommes deux qui n'espérons qu'en toi!

4

XXXII.

VOICI LA NUIT.

C'est l'instant de l'amour, Clara ; voici la nuit !
Qu'un autre aime l'éclat d'un azur sans nuage !
Ce qui me plaît à moi, c'est cette ombre sauvage
Qui m'appelle au bonheur, qui vers toi me conduit !

Je pars : l'oubli de l'homme et du monde me suit.
De tout ce qui m'attend je me fais une image :
Je vois ton lit, tes fleurs, tes livres, ton ouvrage,
Et toi-même !... Et déjà mon cœur s'est introduit.

C'est l'heure où sur ton sein qui jamais ne repose,
Globes jaspés d'azur et couronnés de rose,
Mon baiser fatigué souvent s'est endormi ;

Où, si mon âme pleure au rêve abandonnée,
Tu murmures bien bas de ta bouche inclinée
Quelque douce parole entendue à demi !

XXXIII.

COQUETTERIE.

Semblable à l'océan dont le miroir paisible
Réfléchit d'un beau ciel la lumière et l'azur,
La femme en son regard lumineux, doux et pur,
De son céleste cœur montre un reflet visible.

L'un devient menaçant sous un orage obscur;
L'autre est au moindre mot comme l'onde irascible;
Mais la seconde mer, souvent la moins terrible,
Offre inespérément un port charmant et sûr.

Clara, parfois la nuit, ta bouche dédaigneuse
Fuit celle qui la cherche, ou me répond moqueuse;
Je te rappelle alors tous nos plaisirs passés.

Tu ramènes les yeux; ton âme est attentive;
Tu souris, je suis maître, et bientôt ma captive
Soupire entre mes bras sur son sein enlacés!

XXXIV.

LES ANGES.

Aux premiers jours du monde, en ces instants splendides
Où les choses prenaient un ordre harmonieux,
Des anges, nous dit-on, brûlant de feux perfides,
Pour aimer parmi nous descendirent des cieux.

Clara, lorsque penché sur tes lèvres avides,
Une main dans la tienne, et mon âme en tes yeux,
Je goûte le doux miel de tes baisers humides,
Et d'un tendre entretien les mots silencieux ;

Quand de la volupté l'expression sublime
D'un reflet inconnu te caresse et t'anime,
Et que mon bras frissonne en serrant son appui ;

Quand je vois ton sourire et tes transports modestes,
N'es-tu pas le plus beau des messagers célestes,
Mais que Dieu m'envoya pour me conduire à lui ?

XXXV.

LA PENSÉE

Lève les yeux, Clara, vers ces champs de lumière
Où passent dans la nuit tant d'astres voyageant;
Vois sur ce pâle azur tout cet or en poussière,
Avec art animé, peut-être intelligent!

Ecoute aussi les bruits de la haute carrière :
Chaque globe a sans doute, esclave diligent,
Des accents d'harmonie ou des mots de prière
Pour quelqu'un qui le va sans cesse interrogeant!

Admire! mais l'œil fier, la tête redressée.
Car si les cieux sont grands, n'as-tu pas la pensée,
Oiseau changeant d'éclat, dont ton âme est le nid;

Qui, par un beau caprice, et sur une aîle immense,
Rase le point obscur où l'insecte commence,
Et la borne inconnue où l'univers finit?

XXXVI.

DÉGOUTS.

Souvent plein du dégoût des voluptés du monde,
Mon cœur, en les sondant, effrayé, dechiré,
Dans le plus doux plaisir voit une chose immonde,
Et le néant partout couvert d'un nom sacré.

Tout est rêve, folie, absurdité profonde !
Usage universel par l'exemple inspiré,
Sur des conventions l'amour même se fonde,
Et n'est qu'un vil calcul d'un beau mot coloré.

Mais si l'esprit de l'homme a fait cette chimère,
Dis-je alors, qu'est-ce aussi que ma pensée amère?
Le malheur serait-il moins vain que le bonheur?

Abîme où ma raison de terreur est suivie !
Clara, l'amour peut être un charme suborneur ;
Si tu viens dans mes bras, je sens qu'il est la vie !

XXXVII.

L'HOMME EST UN DIEU TOMBÉ.

Pourquoi l'homme est toujours rêveur et misérable?
Désireux du passé, dérobant l'avenir,
Il reçoit le présent et souffre à le finir,
Comme un fruit sans saveur qu'on laisse sur la table.

Nuage fugitif et de force incapable,
Vents, soleil, tout l'éloigne ou le fait revenir;
Insecte, sur la fleur qu'il cherchait à tenir,
Le repos le fatigue et le bonheur l'accable.

Pourquoi l'homme est ainsi? qui le sait, ô Clara!
Dieu, nous dit l'univers, du ciel le retira,
Et lui prit sa couronne après qu'il l'eut flétrie :

Lui, comme un exilé qui connût de beaux jours,
Même sur les chemins qui l'égarent toujours,
Rêveur et misérable, il cherche sa patrie !

XXXVIII.

PRESSENTIMENTS.

Regarde autour de nous : vois le brumeux automne ;
D'un rouge inanimé sa main couvre les bois ;
Il pose au front du chêne une pâle couronne ;
Et des banquets d'amour il a glacé les voix.

Déjà ces vieux massifs que l'ombrage abandonne,
Ne déroberaient plus, moins discrets qu'autrefois,
L'amante et son regard qui mollement pardonne :
Leurs beaux jours ont fait place à de funestes mois.

Mais toi-même, pourquoi sembles-tu languissante ?
Vois-tu tomber comme eux ta feuille jaunissante ?
As-tu prévu l'hiver et son âcre rigueur ?

Même sous mes baisers ton teint se décolore !
Dans mes bras, sur mon sein, ne sens-tu pas encore
Ton sang se ranimer au contact de mon cœur ?

XXXIX.

ADIEU!

Le front dans mes deux mains, je cherche une prière ;
Mon esprit confondu se perd dans cet effort.
Si je pouvais pleurer ! en vain mon cœur se tort,
Je ne sens que du feu passer sous ma paupière.

Elle est à mes côtés, là, sur ce lit de mort :
Ses traits sont rayonnants d'une pâle lumière ;
Le tombeau ne l'a pas conquise tout entière ;
Elle sourit toujours, on dirait qu'elle dort !

Ange du ciel, hier belle parmi les belles,
Dans une autre patrie et sur tes jeunes ailes
Vas retrouver l'amour, la vie, au sein de Dieu !

Par une main de plomb retenu sur la terre,
Exilé du bonheur, je reste solitaire ;
Adieu ! veille sur moi qui t'aime encore !... Adieu !

XL.

DOULEURS.

Dans la prairie, au bord de l'onde, et sous le saule
Où joyeux auprès d'elle autrefois je m'assîs,
Où ma voix lui faisait tant d'amoureux récits
Pendant que mes baisers cherchaient sa blanche épaule ;

Allant où va mon cœur, j'erre encore indécis,
C'est bien là ce bosquet, cette verte coupole,
Où semble murmurer l'écho de la parole
Qui jadis endormait mes plus amers soucis !

Au bruit de mes sanglots sous mes pas se redresse,
Tout couronné de fleurs, tout paré de jeunesse,
Mon beau passé d'amour, frêle arbuste abattu.

Que les temps sont changés ! mon visage est livide,
Ma voix n'a plus d'accents, mon cœur devient aride :
Ombre de mon bonheur, hélas ! que me veux-tu ?

XLI.

REGRETS.

O vallon ! ô montagne ! humble et doux paysage !
Je vous fatigue en vain de mes pas insensés !
Que sert de mendier le vestige et l'image
Des biens que j'ai perdus, des jours qui sont passés ?

Pourquoi tinter encore, ô cloche du village ?
Entend-elle à présent tes appels cadencés ?
O chêne, au pied duquel nous avons fui l'orage,
Par un autre ouragan nous sommes dispersés !

C'est ici que fixant le centre de ma vie,
Deux ans je l'ai cherchée, adorée et suivie !
C'est là que je venais l'attendre chaque soir !

Voilà son cintre vert, voici son banc de pierre.
Que fais-je en ce moment ? je regarde en arrière :
Ne sais-je pas assez que je ne puis la voir ?

XLII.

SUR UNE TOMBE.

O toi qui dans l'exil de ces funèbres lieux,
Comme en un nid désert une blanche colombe,
Reposes sous l'abri d'un if silencieux,
Tu viens de m'enseigner l'écueil où tout succombe !

Hormis la goutte d'eau qui distille des cieux,
Et le rameau flétri qui se détache et tombe,
Ta pierre n'a senti que les pleurs de mes yeux,
Mon pas seul se souvient du chemin de ta tombe !

Toi dont le monde hier s'avouait embelli,
Tu n'es plus même au rang de ses roses fanées ;
Ton nom même avec toi demeure enseveli.

La beauté, tendre fleur, périt en deux journées ;
La gloire aussi se perd dans les flots des années :
Après les jours amers vient l'éternel oubli !

XLIII.

DÉSESPOIR.

Le tombeau!... c'est souvent où plonge mon regard!
Las d'un monde épuisé, je veux encore apprendre!
Ne suis-je pas né libre? ai-je besoin d'attendre?
N'ai-je pas sous ma main mon cœur et ce poignard?

Une paix éternelle, inconnue, à l'écart!...
Oui, dormons!... Quel effroi que je ne puis comprendre,
Quel frisson douloureux vient soudain me surprendre?
Oh! de rêves affreux tout sommeil a sa part!

Mais si c'est le néant!... horrible alternative!
Cette masse de chair, jeune, pensante, active,
Dans la nuit, en lambeaux, en poudre, ainsi finir!...

Souris, toi dont j'entends souffler l'aile invisible!
Je préfère à la mort même la plus paisible
Le dégoût de la vie avec ton souvenir!

XLIV.

A UNE ROSE.

Pauvre fleur, te voilà comme nous dans la vie ;
Et comme nous dèjà tu cèdes au destin !
A ta tige, au beau jour, ne t'ai-je pas ravie
Riche encor des baisers de ton premier matin ?

Rose, j'aimais ta sœur ! Le ciel en eût envie ;
Sur elle, il fit tomber son caprice incertain :
Tel que la jeune enfant, te détruire ravie,
De tout brillant calice il forme son butin.

La perle de l'aurore et celle d'innocence
N'ont brillé qu'un instant sur votre adolescence :
Où sont vos doux contours et vos fraîches couleurs ?

Oh ! viens : par tes parfums enivre ma pensée !
Sur mon front, sur mes yeux, éclos et meurs pressée !
Hélas ! je n'ai que toi pour essuyer mes pleurs !

II.

DIALOGUES LYRIQUES.

E co' pensieri suoi parla, e sospira.
(Tasso.)

1843.

I.

LE CHANT DU CORPS ET LA VOIX DE L'AME.

LE CHANT DU CORPS.

Je sens courir en moi le feu de la jeunesse;
Je contemple en repos la nuit de l'avenir :
Faut-il, pour être heureux, faut-il que je connaisse,
Dès le matin, l'instant où le jour doit finir?

LA VOIX DE L'AME.

Qui fait le rêve involontaire
Que toujours je traîne avec moi?
De la vie est-ce le mystère?
De la mort serait-ce l'effroi?
Je suis des routes inconnues :
Tantôt je plane sur les nues,
Et j'interroge l'univers;
Tantôt je descends et je tombe
Dans les profondeurs de la tombe,
Et je converse avec les vers.

LE CHANT DU CORPS.

Je ne veux point savoir qui m'a fait être et vivre,
Qui m'a mis, jeune et beau, sur un chemin tracé;
D'un présent savoureux à loisir je m'enivre,
Et j'oublie en riant le néant du passé.

LA VOIX DE L'AME.

Mes ivresses sont fugitives,
Eternelles sont mes douleurs;

Je suis l'une de ces captives
Dont les fers s'usent dans les pleurs!
Quelle main m'a donc enchaînée
Loin des pays où je suis née,
Loin de mes premières amours?
Et d'où viens-je? et quelle patrie
Mon incessante rêverie
Entrevoit-elle ainsi toujours?

LE CHANT DU CORPS.

On dit que la nature a plus d'une merveille,
Plus d'un charme voilé d'une obscure clarté :
J'aime mieux d'un jour pur le rayon qui m'éveille,
Et qui me rend sensible à ma propre beauté.

LA VOIX DE L'AME.

Hautes forêts, profonds abîmes,
Clairs ruisseaux, mugissantes mers,
Vous aussi, ténèbres sublimes,
Vous encor, lumière des airs;
Vous enfin, vagabonds nuages,
En vos mystérieux langages,

En vos plaintes, en vos courroux,
Que cherchez-vous donc à m'apprendre?
Si je ne dois pas vous comprendre,
Pourquoi toujours me parlez-vous?

LE CHANT DU CORPS.

La pureté du jour, le parfum de la rose,
Les oiseaux du matin par leurs joyeux accents,
L'onde qui bat la rive où mon sommeil repose,
Ont le don d'allanguir et de charmer mes sens.

LA VOIX DE L'AME.

Tout combat, ou gémit, ou prie !
J'entends des vents le cri lointain ;
L'herbe est en pleurs dans la prairie ;
L'oiseau parle avec le matin ;
Vers le soir, chaque créature
S'endort dans un vague murmure
D'affaiblissement solennel :
Toutes ces voix sans cesse actives,
Ce monde de choses plaintives,
Que demandent-ils donc au ciel?

LE CHANT DU CORPS.

A mes moindres désirs la terre s'abandonne ;
De son sein découvert j'arrache les doux fruits ;
Le ciel même est soumis à me plaire, et couronne
D'un vaste azur mes jours et d'étoiles mes nuits.

LA VOIX DE L'AME.

Lorsque je monte au sein des mondes
Qui s'entremêlent dans les cieux,
Je suis de ces sphères fécondes
Les mouvements harmonieux ;
J'admire leurs retours fidèles ;
Je les vois semer autour d'elles
Les saisons, les mois et les jours :
L'homme, ses plaisirs, ses misères,
Sont comme des vapeurs légères,
Vus des hauteurs que je parcours !

LE CHANT DU CORPS.

Pour suivre d'un coup-d'œil le passage des heures,
Ma vie insoucieuse en est trop riche encor ;

Celles qui m'ont souri m'en laissent de meilleures :
Pauvre est celui qui peut calculer son trésor !

LA VOIX DE L'AME.

Quand avec l'ombre, une journée
Lutte un moment et pour jamais ;
Quand, en s'envolant, une année
Me prend l'ombrage que j'aimais :
De la vie effrayante image !
Je pense à l'homme, à son voyage
Dont le but secret me confond ;
Je pense à la fleur desséchée
Qui, de sa tige détachée,
Tombe sur un torrent sans fond !

LE CHANT DU CORPS.

Quand votre front rougit de pudeur et de crainte,
Et brille en même temps des flammes de vos yeux ;
Lorsque vous m'enlacez d'une amoureuse étreinte,
Femmes, ai-je besoin de la terre et des cieux ?

LA VOIX DE L'AME.

J'ai sondé les vertus, les vices,
Les solitudes, les amours :
Mais après tous ces vains caprices,
Au rêve je reviens toujours.
Réunie à l'âme que j'aime,
Dans le bonheur, l'extase même,
Que de fois j'ai versé des pleurs !
Ma jouissance la plus vive
Est gémissante et convulsive :
Ma patrie est dans les douleurs !

II.

LE CYGNE ET L'AIGLE.

L'AIGLE.

Sur ce fleuve aux flots lents qui t'offre un humble asile,
Pourquoi, cygne peureux, borner ton vol futile?
Pourquoi toujours descendre et remonter ces eaux?
Crains-tu d'abandonner les vulgaires images
De cette onde où se peint le bord de tes rivages,
Et ta couche fangeuse au pied de ces roseaux?

LE CYGNE.

Sur la route des airs que toi seul as connue,
Aigle hardi, pourquoi te perdre dans la nue ?
Pourquoi de ton vol long multiplier l'essor ?
Tentant l'immensité muette et solitaire,
Souffrirais-tu de voir les hôtes de la terre,
Et le nid de rochers d'où ta famille sort ?

L'AIGLE.

Par la même action allanguie et bercée,
Pour toi l'heure présente est une heure passée ;
Rien n'assaisonne ici leur fade enchaînement :
Tu parcoures de même et cette onde et la vie ;
D'une vague pareille une vague est suivie,
Chaque moment enfante un semblable moment !

LE CYGNE.

Par les mêmes désirs agitée et troublée,
D'un désespoir sans fin ta vie est accablée !
A monter vers le ciel ton vol toujours dispos,
Où la route aboutit trouve une route encore,
N'atteint jamais le but du chemin qu'il dévore,
Et fuit, en le cherchant, le bienfaisant repos !

L'AIGLE.

O nageur paresseux ! que de nobles surprises,
Que de choses sans nom mes ailes m'ont apprises !
De la route où ton œil s'arrête épouvanté,
Mes regards dédaigneux cherchent en vain la trace
De cet humble ruisseau, de ce petit espace,
Où ta lente indolence erre avec gravité !

LE CYGNE.

Infatigable oiseau, quelle paix douce et pure
Se promène avec moi sur ces flots sans murmure !
Au pied de ces buissons qui combattent le jour,
Qu'importe à mon bonheur qu'une haute infortune
Méprise ma paresse à sa vue importune,
Et le calme éternel caché dans ce séjour ?

L'AIGLE.

Quel est donc ce bonheur dont tu parles sans cesse ?
Quel charme en ce séjour t'enchaîne et t'intéresse ?
C'est en vain que sur toi je laisse errer mes yeux !
Je ne vois que des flots dont le cours est tranquille,
Que des arbres tendant leur ombrage mobile,
Que de l'obscurité répandue en ces lieux !

LE CYGNE.

Des chagrins, des combats, tu vois au moins l'absence !
En mesurant mes jours, cette onde me balance ;
En comptant mes printemps, ces bords savent fleurir ;
Dans ce miroir limpide où se peint mon passage,
J'admire avec candeur les mouvements d'un sage :
Ce fleuve m'a vu naître ; il me verra mourir !

L'AIGLE.

Et de ce seul bonheur ta soif est assouvie !
Crois-tu, cygne innocent, qu'un aigle te l'envie ?
Ta vie est un néant au-dessous du sommeil.
Moi, j'ai d'autres plaisirs ! Avide de lumière,
Du nuage orageux je franchis la barrière,
Et je vais face à face admirer le soleil !

LE CYGNE.

Pourquoi donc reviens-tu par moments sur la terre ?
Ces voyages hardis, que ton vol réitère,
Jusqu'au bout de tes vœux n'ont-ils pu te porter ?
C'est peu de s'élever au trône de la gloire !
Le comble de la force, et la seule victoire,
Seraient d'y parvenir, ensuite d'y rester !

L'AIGLE.

Je descends, il est vrai, mais c'est sur la montagne.
Je fouille du regard le sein de la campagne,
Y cherchant une proie, une lutte, un combat,
Tandis qu'au pied du mont dont j'occupe la cime,
Pour la dernière fois rampe ou court ma victime :
La mort se lève aux lieux où mon aile s'abat.

LE CYGNE.

Brisé par les efforts d'un essor impossible,
Au lieu d'où tu partis tu redescends terrible :
Malheur à l'innocent atteint par ton regard !
Affamé par ta course et surtout par ta rage,
Tu calmes dans le sang ton besoin de carnage,
Ta fureur d'être encore au point de ton départ !

L'AIGLE.

Mon existence au moins n'est pas comme la route
Qui devant tes regards s'étend, se montre toute !
Si je suis entraîné par un ardent désir,
J'ignore à quel sommet me porteront mes ailes !
Quelle proie est vouée à mes serres mortelles !
L'imprévu, le hasard, pour moi sont le plaisir !

LE CYGNE.

Si je suis sans espoir, du moins je vis sans crainte :
J'habiterai ces lieux où ma vie est restreinte.
L'insensé qui poursuit des objets élevés,
Qui fatigue l'élan de son aile agitée,
Perd le charme des biens qui sont à sa portée,
Que, sans aucun effort, il eût toujours trouvés.

III.

LA HARPE SAINTE ET LA LYRE ANTIQUE.

LA LYRE.

Sœur révélée hier à la terre étonnée,
De mes lauriers ravis l'homme t'a couronnée !
      Pour le tien mon culte est trahi !
      Ma voix dans le lointain soupire ;
Faible écho du passé, ma voix timide expire
Sous les chants du présent par la tienne envahi !

LA HARPE.

Tu resteras la voix de l'antiquité morte !
Voix qui murmure encor ! voix encor grande et forte !
        Cri sublime des passions !
Délire harmonieux de ces âmes perdues
Sur des routes sans fin, sur des mers défendues,
        Au sein de vaines fictions !

LA LYRE.

On dit, harpe sacrée, on dit qu'un ange même
Fit chanter le premier ton organe suprême ;
        Et qu'un prophète l'entendit ;
        Qu'il répéta ce chant céleste ;
Qu'il s'empara d'abord des cœurs d'un peuple agreste,
Et que la terre entière enfin lui répondit !

LA HARPE.

Oui, chaque jour étend mon influence immense.
Je partis du rivage où le soleil commence :
        Aux lieux où le soleil finit,
J'élève avec fierté ma voix envahissante ;
Ma voix, lumière pure et liqueur caressante,
        Qui soulage et qui réunit !

LA LYRE.

J'ignore encor pourquoi cet âge me méprise :
Le vent du soir est doux, nommé zéphir ou brise.
Ne pouvions-nous, comme deux sœurs,
Verser sur les maux de la terre,
De nos accords unis le nectar salutaire,
De nos enseignements les rivales douceurs?

LA HARPE.

Non, désormais repose, harmonieuse lyre!
Ton chant, propre aux combats, est trop apte au délire,
Aux tourments de la volupté :
La seule volupté, la réelle souffrance,
Que je chante et permets, ce sont et l'espérance
Et la peur de la vérité.

LA LYRE.

L'amour réparateur éternise le monde;
La douce vie éclot sous son aile féconde;
Ses plaisirs ont un vaste but;
Il donne un fils, il crée un père;
Il fait que le présent en l'avenir espère :
Je devais lui payer un libéral tribut!

LA HARPE.

Mais il est deux amours. La femme que je chante,
Ne s'enorgueillit point de sa beauté touchante,
   Ni de ses célestes contours ;
C'est l'appui sur lequel l'humanité se fonde :
Elle doit conserver la pureté de l'onde,
   Sans en imiter les détours.

LA LYRE.

N'ais-je pas comme toi jeté dans l'âme humaine
Du repentir vengeur l'insatiable peine ?
   N'ai-je pas souvent arraché
   Les pleurs douloureux de la honte ?
N'ai-je pas du trépas que le sophiste affronte,
Interrogé l'horreur, rêvé le but caché ?

LA HARPE.

Oui, par légèreté, par orgueil, par colère,
Tu l'as fait : mais c'est tout ce que tu pouvais faire !
   Éclairant sa dernière nuit,
Au Juste qui descend dans son dernier asile,
J'enseigne que la mort, qui d'un siècle l'exile,
   A l'éternité le conduit.

6

LA LYRE.

N'ai-je pas fait pâlir la tyrannie armée ?
N'ai-je pas rassuré l'innocence opprimée ?
Et sous les roses du plaisir,
N'ai-je jamais de la sagesse
Voilé l'épine aigüe? et ma piquante adresse
N'a-t-elle pas blessé quelquefois le désir ?

LA HARPE.

Mon chant porte avec lui de plus terribles armes ;
Mon chant laisse après lui le sourire ou les larmes,
La confiance ou la terreur ;
Il ressemble à l'éclat du glaive d'un archange ;
Il pare la vertu d'un coloris étrange,
Il brûle et consume l'erreur !

LA LYRE.

N'ai-je pas sur l'essor de ma vive harmonie
Elevé jusqu'au ciel le terrestre génie ?
N'ai-je pas au-dessus des airs
Conduit sa fougue audacieuse?
N'avons-nous pas franchi la route spacieuse
Qui s'attache aux deux bouts du visible univers ?

LA HARPE.

D'un univers borné tu passas les limites,
J'en conviens : mais en vain tes ailes étaient vites ;
    Tu n'atteignis que le néant !
Et tu pris pour des dieux des ombres mensongères !
Moi, je rase souvent de mes ailes légères
    L'œuvre sans fin d'un Dieu géant !

LA LYRE.

Crains aussi des humains la noire ingratitude !
L'homme ne garde point d'éternelle habitude,
    Hormis celle de ses défauts.
    Semblable à la mode nouvelle,
Tu peux passer : je puis reparaître plus belle :
Les respects des mortels sont inconstants et faux.

LA HARPE.

Dieu ne permettra point qu'on me force au silence !
Si le mépris rompait mon hymne qui s'élance,
    Je retournerais dans les cieux ;
Ou j'irais me cacher dans un cœur pur et tendre ;
Et pour lui seul au moins j'oserais faire entendre
    Mes cantiques harmonieux !

LA LYRE.

Semblables, dans leur but, aux sept sources limpides
Qui du Nil fécondant nourrissent les rapides,
  Qui débordent de toutes parts,
  Mes sept cordes, sur les rivages
Envahis, dévastés par des peuples sauvages,
Ont jadis répondu les cités et les arts !

LA HARPE.

Pareilles aux vertus qui haussent l'âme humaine,
Qui la font s'avancer vers son divin domaine,
  Mes dix cordes, en exhalant
L'ensemble harmonieux de leurs dix voix sublimes,
Emportent l'homme juste à ces célestes cimes
  Qu'il ne mesurait qu'en tremblant !

III.

POÈMES DRAMATIQUES.

Cantai, hor piango.....
PETRARCA.

1840.

I.

LE DERNIER SOIR, OU LA MORT D'UN POÈTE.

Au penchant d'un vallon, au pied d'un vaste chêne,
Le regard attaché sur la ville lointaine
Qui déjà se perdait dans les brumes du soir,
Immobile, un jeune homme avait été s'asseoir.
Sous un rayon des nuits qui se jouait dans l'ombre,
Son front se détachait sur un fond vague et sombre,

Comme l'argent d'une eau qui dans les prés reluit ;
Sa pose était pensive, imitant dans la nuit
Le calme désespoir des lugubres fantômes
Que le soleil exile en de secrets royaumes,
Mais que l'on vit souvent, aux dires d'autrefois,
Sortir avec la nuit de la tombe et des bois.

L'air était doux et pur ; on entendait à peine
Des brises des coteaux la fugitive haleine ;
Les oiseaux s'endormaient sous leurs toîts de rameaux ;
Et tous les bruits du soir, passant sur les hameaux,
Ressemblaient, en montant des vallons aux montagnes,
Au frisson des épis, jaune mer des campagnes.

Le jeune homme rêveur tressaillit tout-à-coup,
Et les yeux sur le ciel, il se leva debout.

« Lune, s'écria-t-il, mystérieuse reine,
Dans les chemins du ciel ta course souveraine
        Apaise et soulève les mers :
Mais pourquoi d'un rayon de ta livide flamme

Carresser ma paupière, et rappeler mon ame

　　　Du sommeil aux pensers amers? »

« Ils ne sont plus les temps où, sortant du nuage,

Lune, tu souriais à l'éternel voyage

　　　De l'harmonieux ménestrel !

Oiseau dont les doux chants sauvaient les jours fragiles,

Qui, par un noble espoir doué d'ailes agiles,

　　　Volait de la tente au castel ! »

« Ils ne sont plus les temps où, glissant sans secousse

De feuillage en feuillage et sur un lit de mousse,

　　　Tu frappais mollement les yeux

Du ménestrel assis près de la chatelaine :

Amants que ton signal arrachait avec peine

　　　A leurs baisers, à leurs adieux ! »

« Ils ne sont plus les temps où ta pâle lumière

Inondait le guerrier couché sur la bruyère,

　　　Qui, levant les mains vers le ciel,

Disait : Je meurs joyeux, car je meurs sur mes armes ;

Car ma tombe entendra la voix pleine de larmes
De l'harmonieux ménestrel ! »

« Votre règne est passé, ménestrels et trouvères !
Les harpes des banquets, délices de nos pères,
Sont muettes dans vos tombeaux !
J'ai vu le sanctuaire où régnait l'harmonie,
Où des doux rossignols chantait la voix bénie,
Profané par de vils corbeaux ! »

« Soleil des nuits, ami des rêveuses pensées,
O lune, ô vieux témoin de ces splendeurs passées,
Doux astre, que regardes-tu ?
Nul ne sait aujourd'hui ce que ton charme inspire !
Et moi, je ne viens point t'invoquer : je soupire ;
Et mon génie est abattu ! »

Il dit : mais aussitôt dans le sombre silence
Un murmure imposant se déploie et s'élance ;
C'est la cloche qui sonne, allant par bonds égaux
Jusqu'au sein des vallons réveiller les échos.
Le jeune homme écoutait, debout sous le vieux chêne.

« Toi dont j'entends, dit-il, monter la sainte voix,
    Comme un soupir de l'ombre et de la plaine,
Quel pouvoir as-tu donc sur mes jours d'autrefois?
    De leur aspect mon âme est toute pleine! »

« Comme une fleur flétrie où tombe l'eau des cieux,
    Et de nouveau par les airs caressée,
Mon âme, en recueillant tes sons religieux,
    A lentement relevé sa pensée! »

« Mes lointains souvenirs, étoiles dans l'azur,
    A mes regards resplendissent sans nombre :
Hélas! contraste affreux! au loin, c'est le jour pur!
    Autour de moi, ce sont le deuil et l'ombre! »

« Que sert de revenir aux choses du passé?
    Au froid vieillard que fait sa belle enfance?
Le cœur est vide et mort, quand en lui s'est glacé
    Le dernier sens, le sens de l'espérance! »

En achevant sa plainte, il essuya ses pleurs ;
Avec un lourd effort il s'assit sur la mousse ;
Il pencha son front pâle ; et d'une voix plus douce,
Il reprit en ces mots le chant de ses douleurs :

« Que ma destinée est étrange !
Enfant insoucieux caché dans un vallon,
A seize ans devant moi je vis paraître un ange
Qui, me traçant du doigt un lumineux sillon,
Me dit : — Pauvre rêveur, ton être n'est que fange ;
De ma divinité je te donne un rayon :
Qu'oseras-tu m'accorder en échange ?
— Ange aux ailes de feu, répondis-je, mes yeux
Se baissent éblouis de votre éclat céleste ;
Mais j'aime votre voix aux sons mélodieux :
Vous pouvez ordonner : si vous restez, je reste ;
Si vous partez, je vous suis dans les cieux ! —
— Vois, reprit l'ange, vois ce trait de flamme pure ;
Que le jour soit ardent, que la nuit soit obscure,
A toute heure et partout il brillera pour toi :
C'est un guide divin qui mène l'homme à moi :
Le monde, à qui le suit, jette un constant outrage ;
Mais tu peux avant tout consulter ton courage ! —

En silence au rayon dès-lors je m'attachai ;
Le front haut, et la main sur mon cœur je marchai. »

« Auparavant j'aimais à rêver près de l'onde
Qui creuse en murmurant la ravine profonde ;
J'aimais à respirer la fraîcheur des grands bois,
A surprendre des nuits les incertaines voix,
A presser, à goûter d'une lèvre embrasée,
Des matinales fleurs l'odorante rosée !
Assis un jour entier sur les mêmes roseaux,
Combien j'inquiétais pour ses tendres oiseaux,
Famille née à peine, une mère plaintive,
A tous mes mouvements sur un saule attentive !
Errant sur la colline à l'heure où naît le soir,
Je cherchais nos hameaux sur l'horizon tout noir ;
Et quand à l'horizon apparaissait l'aurore,
Mes pas distraits erraient aux mêmes lieux encore !
Sur d'ondoyants tapis secouant l'herbe en pleurs,
J'assistais au lever des premières vapeurs ! »

« Mais quand l'ange m'eût dit : — Viens ! — je sentis mes ailes !
Et de mes plaines maternelles

Fuyant la simple paix, l'humble et grave bonheur,

    J'allai chercher, sur des routes nouvelles,

La gloire, vision et rêve de mon cœur !

L'aigle jusqu'au soleil monte de nue en nue :

Mais lorsqu'il a plané sur la haute étendue,

    Il redescend sur des rochers affreux

Où, las de son audace, il s'endort dans son aire.

Comme lui, je tentai d'un essor téméraire

Des champs aériens l'espace lumineux ;

Comme lui, je revins épuisé, malheureux.

— Toute aile, dis-je alors, retombe vers la terre :

Mais ne puis-je chanter ce que j'ai vu des cieux ? — »

« Divine poésie ! ange à la voix féconde !

Dans l'univers charmé te frayant un chemin,

Tu vins faire briller tout l'or du cœur humain,

Comme un soleil nouveau devant qui naît un monde !

Jeune reine, tu vins t'asseoir en souriant

Sur le trône funèbre où dormait le silence :

La terre s'éveilla soudain en tressaillant ;

Et l'astre avec transport reprit sa route immense !

Les peuples s'agitaient ainsi que l'univers :

    Au bruit lointain de tes vastes concerts,

L'homme prêta l'oreille et releva la tête;
Et convive imprévu d'une sublime fête,
    Il t'apporta l'hommage de ses vers!
L'homme t'aimait alors, divine poésie!
Il eût à deux genoux baisé ta blanche main!
Toi qui l'as abreuvé de coupes d'ambroisie,
Si, comme nous mortelle et soumise à la faim,
Tu venais aujourd'hui, chétive, vagabonde,
    Lui demander un peu de pain,
    Il te fuirait comme un objet immonde! »

A ces mots, il sentit un douloureux frisson
Qui fit trembler son corps dans une étreinte affreuse;
Sa voix chantait toujours, mais plus faible et plus creuse;
Et la brise craignait d'en étouffer le son.

« Adieu, peuple d'ingrats! adieu, je vous oublie!
Adieu, monde d'exil où j'ai longtemps souffert!
Homme, je t'ai cru grand, et ce fut ma folie :
Ton âme est un abîme et ton cœur un désert! »

« Ma constante pitié veut essayer encore
De répandre sur toi des pleurs et des regrets :
Non ! de te voir déchu la honte me dévore !
Adieu, séparons-nous, car je te maudirais ! »

« Mais l'ombre de la mort me glace, et je pardonne.
Mes yeux se sont couverts d'un voile lourd et noir.
Je succombe... est-ce l'homme ou le ciel qui l'ordonne ?
Sans doute que je vais l'apprendre dès ce soir ! »

« C'est Dieu !... Déjà la paix, comme une onde embaumée,
Sur mes membres mourants descend du sein des airs :
Pour la dernière fois, nature bien-aimée,
Sur tes charmes sacrés mes yeux se sont rouverts ! »

« Adieu, ciel lumineux ! adieu, riche nature !
Voix des eaux et des bois qui me parliez de Dieu,
Vaste table du monde où chaque créature
Chaque jour et sans moi trouvait la vie, adieu !... »

« Mais dis-moi, quel es-tu? toi qui viens me sourire!
Ah! je te reconnais à tes ailes de feu!
Il est trop tard, ami; je n'ai plus rien à dire :
Ange de poésie, adieu!... je meurs... adieu! »

Il expirait. Semblable à la harpe sonore
Qui, lorsqu'on l'a remise en repos, vibre encore,
Son âme, ouvrant son aile, emportait dans les airs
Un faiblissant écho d'ineffables concerts.

« Où suis-je? où vais-je ainsi? quelle route infinie
Se présente à ma vue et s'ouvre à mon génie?
Qu'entends-je autour de moi? sont-ce les chants des cieux?
De mes pensers hardis l'élan harmonieux
Me soulève au-dessus des terrestres abîmes;
Sur les plus vastes mers, sur les plus hautes cimes,
Je plane : je les vois sous mes ailes passer,
Et dans l'ombre lointaine à la fin s'effacer!
Quel air pur! quels parfums! quelle vive lumière!
J'ai d'autres sens : ma vie est âme tout entière.

7

Inondé de rayons, mon être avec amour
Dilate sa substance et boit **un nouveau jour**!
Tombez, tombez sur moi, clartés, voix inconnues!
Et vous que j'aperçois dans les palais des nues,
O poëtes, vers moi tendez vos nobles mains!
J'arrive tout souillé du contact des humains;
Ma pâleur vous dira que l'épreuve est finie.
Lavez-moi du passé dans des flots d'harmonie!
Et tous ensemble, assis dans un cercle éternel,
Chantons l'hymne sans fin, car nous sommes au ciel! »

Il ne se trompait pas : les saintes voix des anges
Versaient autour de lui des torrents de louanges;
Son âme avait suivi le vol d'un séraphin....—
Le poète était mort de douleur et de faim.

II.

L'ANGE ET LE MEURTRIER,

DIALOGUE DRAMATIQUE.

L'ANGE.

D'un Dieu juste et puissant l'incessante vengeance
Se manifeste à toi par ma longue présence.
Tu fuis, baissant des yeux qui redoutent les miens :
Mes pieds tombent toujours dans l'empreinte des tiens.

Livide meurtrier que mon regard accable,

Crois-tu donc fatiguer mon aile infatigable?

Pourquoi tenter ainsi de t'éloigner toujours?

Mortel, je ne meurs pas, et je vole où tu cours !

Nous avons parcouru la moitié de la terre ;

Demeure : ce vallon est sombre et solitaire.

LE MEURTRIER.

J'y consens : ce gazon, ce ruisseau, ce beau soir,

La solitude enfin, tout m'invite à m'asseoir.

Ministre rigoureux de l'équité céleste,

Puisqu'il faut qu'avec toi je m'éloigne ou je reste,

Avec toi je veux bien essayer du repos,

Et ce sombre désert se rencontre à propos.

Le sang traçait déjà ma course chancelante :

Mes pieds sont déchirés. — Que ma tête est brûlante !

Que mes yeux ont de peine à regarder ces lieux !

Pourtant cet air est pur et rafraîchit mes yeux.

Salut, humble vallon ! salut, paisible asile !

Désormais dans ton sein cachant mon corps débile,

J'y veux ensevelir, pour ne les plus revoir,

L'image de mon crime et tout mon désespoir !

Je n'ai que trop longtemps attaché ma pensée
Sur le noir souvenir d'une chose passée!
J'ai trop longtemps nourri tout mon être de deuil!
Vallon hospitalier, salut!... ô sois le seuil
D'un avenir de paix, d'oubli, de solitude!...
Et toi, bon ange, et toi, vois mon humble attitude!
Ne répète jamais, — ô toi que le premier
Je prie à deux genoux - , le nom de meurtrier!
Sois discret, sois muet comme cette retraite!...
Pourquoi mon âme encor semble-t-elle inquiète?
Le calme m'environne et ne vient pas en moi :
Que dis-je?... ce vallon me cause de l'effroi!...
Ce fut, je m'en souviens, dans un vallon semblable
Que je commis... Que vois-je? un spectre épouvantable,
Du fond de ces grands bois, vers moi vient en glissant,
Et ce ruisseau se change en un torrent de sang!
Ange cruel! la paix, par moi tant désirée,
Habite, tu le sais, dans une autre contrée!

L'ANGE.

La paix est en tous lieux, la paix est avec moi.
Ce vallon qui t'inspire un si subit effroi,

Me semble un vase plein de fleurs, de brises pures;

Ton regard change en sang une onde aux doux murmures;

Et ton oreille trouve un spectre au pas léger

Dans le feuillage mu par l'oiseau passager.

Moi, qui connais les cieux, j'ignorais que la terre

Eût un pareil éden de calme et de mystère.

Mais puisqu'en d'autres lieux tu prétends te cacher,

Malheureux, je suis prêt, j'attends : tu peux marcher.

LE MEURTIER.

Vois-tu ce monastère ?... entrons sous ces ruines.

Les informes débris de ces voûtes divines

Ne m'enseignent-ils pas que la destruction

Doit tout annéantir ? et que c'est vision,

Absurdité de croire à des choses sacrées ?

Vois ces tombes de saints toutes déshonorées

Par le reptile impur, par la mousse et le temps :

Je n'ai donc à souffrir que quelques courts instants !

Pourquoi serais-je seul éternel ?... Ma victime

Dans le néant aussi repose avec mon crime !..

J'aime ces murs noircis, ces autels renversés,

Ces vestiges couvrant des vestiges passés,

Ces choses se mourant sur les tombeaux des hommes !
Courage ! enfin je sais, mortels, ce que nous sommes !
Quelque soit le chemin que l'on suive ici-bas,
On arrive à la mort, au dernier des combats,
A la dernière nuit des jours de l'existence !
Cette nuit engloutit le crime, l'innocence,
Les vices, les vertus, et tous ces préjugés
Qui dans leurs lourds filets nous tiennent engagés !
Le bourreau, la victime, y descendent ensemble ;
L'égalité du rien bientôt les y rassemble ;
Et leur pensée y tombe avec eux et s'y perd
Comme l'air que j'expire absorbé par l'autre air !
J'attends sans lâcheté cette nuit qui s'avance ;
Je vais même en son sein voler plein d'assurance ;
Car elle effacera l'avenir, le passé,
Tout ce qui tient à moi !

L'ANGE.

Fuis, mortel insensé !
Ton pied que ta colère élève et qui retombe,
Profane en ce moment la pierre d'une tombe !

LE MEURTRIER.

Veux-tu donc ajouter un crime à mon fardeau?
Qu'importe que mon pied insulte à ce tombeau?

L'ANGE.

Il a reçu mon corps quand je quittai la terre.

LE MEURTRIER.

Je t'avais oublié!... Fuyons ce monastère.

L'ANGE.

Asile des vertus, ô murs silencieux,
Un ange avec amour baisse sur vous les yeux!
Cloîtres abandonnés, sombres, mélancoliques,
Et vides pour jamais du bruit des saints cantiques,

Témoins des longs combats où, quand j'étais mortel,
J'attaquais l'ennemi qui m'éloignait du ciel,
Qui caché dans mon corps choisi pour sa demeure,
M'éveillait, et luttait, et frappait à toute heure,
Et me faisait ployer le front et les genoux,
Salut ! tout mon passé voltige autour de vous !
Avec un doux mépris je revois ma misère.
Que le Seigneur est bon ! Ces combats de la terre,
Ce courage incessant, ces pleurs, ce sang du cœur,
Ces jeûnes, ces tourments, qui m'ont rendu vainqueur,
Ne me paraissent plus qu'une épreuve facile,
Comme un songe imposteur passagère et futile,
Mais suffisante aux yeux d'un dieu plein de bonté,
Pour acheter la paix de l'immortalité !

LE MEURTRIER.

La mer fait retentir son murmure terrible :
Viens, je veux contempler sa rage inextinguible...
Qu'ils sont grands, qu'ils sont beaux, ces combats d'un géant !
La colère de l'homme est comme le néant
Près de l'immensité de ce couroux sublime !...
Je l'avoue : à l'aspect de ce bruyant abîme,

Je n'ose plus douter qu'un agent éternel,

Assis, où sous cette onde, où là-haut dans le ciel,

Préside à cette lutte étrange et formidable :

Oui, sans doute, c'est Dieu, cet être infatigable ?

Mais celui qui se plaît à de si hauts combats,

S'occupe-t-il de l'homme? et descend-il si bas

Que moi, qui ne suis rien qu'un roseau de la terre,

Je puisse en m'agitant exciter sa colère?

Non ! celui dont la voix converse avec ces flots,

N'ouvre point son oreille à l'homme, à nos sanglots,

A nos impiétés, ni même à nos prières !

Celui qui dans la nuit sème tant de lumières,

Qui fait voler en ordre un innombrable essaim

De mondes qu'il créa dans un vaste dessein,

Celui-là ne peut pas, sans s'oublier lui-même,

Sans avilir son rang et sa raison suprême,

Compter jusqu'au cheveux dont l'ébène changeant

Prend déjà sur mon front une teinte d'argent !

Celui-là ne peut pas me punir de mon crime !

Sait-il ce que j'ai fait? a-t-il vu ma victime?

Je suis un vermisseau rampant avec effroi :

Ses yeux dédaigneraient de tomber jusqu'à moi!...

L'homme, dans son orgueil, se grandit, se croit digne

D'un châtiment affreux ou d'un bonheur insigne;

Qu'il se montre rebelle ou bien obéissant,
Il veut un Dieu vengeur ou bien reconnaissant.
Oui, l'orgueil des mortels monte avec plaisir même
Jusqu'au plus haut degré du mal le plus extrême.
C'est beau d'être puni par un bourreau divin !
Mais ceci n'est qu'un rêve, et je tremblais en vain.

L'ANGE.

Pauvre blasphémateur ! en ce moment encore
Tu viens de tressaillir ! pourquoi donc ?

LE MEURTRIER.

Je l'ignore...
Oh ! j'ai cru qu'une voix pleine d'affreux sanglots
Mêlait son cri mourant à la clameur des flots !...
Hasard inconcevable ! illusion terrible !...
J'ai cru me souvenir de cette voix horrible !

L'ANGE.

Un oiseau de la mer vient d'annoncer la nuit.

LE MEURTRIER.

Un oiseau!... Mais fuyons ce cri qui me poursuit!

L'ANGE.

Immensité ! tu rends à qui voulut t'apprendre,
A qui sût te saisir, le don de tout comprendre!
C'est toi que l'homme acquiert avec humilité,
O sublime attribut, divine Immensité!
Des anges et des saints redoutable conquète,
Les mortels n'ont de toi qu'une idée imparfaite!
Ce pâle meurtrier dont mon vol suit les pas,
Lui-même te soupçonne et ne te conçoit pas!
Dans un groupe infini de spirales immenses,
Perdu d'étonnement, il cherche où tu commences!
Il croit te mesurer à son faible regard !
Insensé, mais hardi, d'un pied pesant il part
Visiter les pays réservés à nos ailes :
Deux pas mettent un terme à ses forces mortelles!
Il tombe, il est tombé : mais son orgueil humain
A l'endroit de sa chûte a borné le chemin,

Disant, avec un cri d'ironique colère,

Qu'aucun être ne peut ce qu'il n'a pas pu faire,

Que ce qu'il ne voit point ne doit pas exister,

Et qu'où finit son vol tout vol doit s'arrêter.

Il borne ainsi le monde, et l'être, et Dieu lui-même !

Mais quand tout fier encor d'un si hardi blasphème,

De la création il s'est nommé seigneur,

La voix d'un faible oiseau l'a glacé de terreur !

LE MEURTRIER.

Vois là-bas ce château brillant de feux sans nombre :

Allons de ce côté. Déjà la nuit est sombre ;

Je n'aime pas la nuit... Ces chants et ces flambeaux,

Que me présagent-ils ? à cette heure ils sont beaux.

De quelque heureux mortel est-ce ici la demeure ?

L'ANGE.

Regarde ce vieillard qui soupire et qui pleure.

LE MEURTRIER.

Qu'il est pâle et courbé ! mais qu'il est noble encor !

Qu'a-t-il donc ?

L'ANGE.

Ce vieillard pleure son fils mort.

LE MEURTRIER.

J'aperçois le cercueil.... Que j'admire ces larmes !
Pleurer ainsi, vieillard, doit avoir bien des charmes !
Moi, je ne pleure plus.

L'ANGE.

Entre et repose-toi !

LE MEURTRIER.

A contempler la mort sans trouble et sans effroi,
Il faut que je m'essaie et que je m'accoutume :
La bouche s'habitue à goûter l'amertume...

Ici gît un cadavre inanimé, sans voix ;

Hier il était homme encore ; et si j'en crois

Les vénérables pleurs dont l'inonde ce père,

Le dernier rameau vert d'un arbre séculaire

Vient de se briser là, sans laisser d'autre fruit

Que le déchirement que sa chûte a produit !

Si j'en crois cet aspect d'héroïque souffrance,

Ce mort était hier une belle espérance !

Il avait des vertus ; il devait soutenir

Le faîx de sa maison, l'antique souvenir

Que ses vaillants aïeux ont laissé de leur gloire :

Et tu dors, héritier d'une brillante histoire !

Et tu ne pourras plus empêcher que ton nom

Déteigne avec le temps comme un viel écusson !...

Ah ! s'il existe un Dieu, ce Dieu-là n'est pas juste !

Il a brisé le cœur de ce vieillard auguste :

Et pourquoi ? dans quel but ? Est-ce encor sa bonté

Qui porte à ce jeune homme un coup immérité,

Et qui, dans une vie aride et solitaire,

Laisse errer ce vieillard, cette ombre octogénaire ?

Est-ce aussi sa bonté qui me permet à moi,

Meurtrier, d'agiter mon être avec effroi,

Pendant qu'il livre aux vers de la tombe vorace

L'homme qui sans terreur pouvait voir l'homme en face ?

L'ANGE.

Ton audace, que rien ne peut anéantir,
Te confond malgré toi, pécheur sans repentir !
C'est la bonté de Dieu qui fait toutes ces choses.
Il ne m'est point permis d'en expliquer les causes :
Mais je peux te montrer ce que ce jeune mort
A son heure suprême a fait hier encor ;
Ouvre les yeux, regarde, et cesse tes outrages !

LE MEURTRIER.

Deux hommes ont penché leurs livides visages :
Le plus pâle n'est pas celui qui va mourir ;
Le plus pâle est celui qui doit le plus souffrir.
Lentement sur son lit le mourant se soulève ;
Sa voix commence un mot que sa pensée achève ;
Il désigne le ciel de ses bras étendus ;
Il meurt... L'autre s'incline, et ses sens suspendus
Sont semblables aux sens que l'art donne à la pierre ;
Il se résigne enfin, murmure une prière ;
Et les yeux attachés sur l'invisible endroit
Que celui qui n'est plus a marqué de son doigt,

Il pleure et tend les bras ; un mystique sourire
Illumine ses traits, ses yeux même ; il soupire :
Mais ce soupir rapide et ce sourire doux
Sont le consentement d'un prochain rendez-vous.
Oui, vous serez unis ! oui, pour toi je l'espère,
O jeune homme au cœur pur, tu reverras ton père !
Mais moi !.. Retirons-nous.

L'ANGE.

Déjà ?

LE MEURTRIER.

Ce père !..

L'ANGE.

Eh ! bien ?

LE MEURTRIER.

Moi, jamais dans les cieux je ne verrai le mien !

8

L'ANGE.

Adieu, noble vieillard! ton angoisse sublime
N'est point aux yeux d'un ange une faiblesse, un crime!
Dieu regarde couler les larmes de l'amour.
Moi-même, en parcourant ce terrestre séjour
Où j'accomplis l'arrêt d'un vengeur que j'adore,
O vieillard, comme toi souvent je pleure encore!

LE MEURTRIER.

La nuit est toujours sombre, et sombre est mon esprit :
Je voudrais voir un toît où le bonheur sourît.

L'ANGE.

Le bonheur est là-bas dans ces humbles chaumières.

LE MEURTRIER.

Est-ce encore un cercueil qu'éclairent ces lumières?

L'ANGE.

On célèbre là-bas la fête d'un hymen.

LE MEURTRIER.

Peut-être que la paix m'attend sur ce chemin !
Ah ! courons vers ce peuple à la grossière ivresse
M'inonder de sa joie, y noyer ma tristesse !...
Toi, si tu crains des chants et des rires joyeux,
Laisse-moi seul ici, retourne dans les cieux !

L'ANGE.

Invisible pour tous, hormis pour toi, je reste.

LE MEURTRIER.

Entrons donc tous les deux sous cet abri modeste.
Comme à peine apparu, l'étranger, dès le seuil,
De ces simples mortels reçoit un doux accueil !
Chacun me tend la main, m'invite d'un sourire.
Mais que vois-je ?... Oh ! regarde, ange, regarde, admire !

Vois cette vierge-épouse au front chaste, aux yeux purs !

Aurais-tu cru trouver dans ces hameaux obscurs

Des traits doués ainsi de grâce et de décence,

Un maintien si rempli de candide innocence ?...

Devant tant de beauté, je comprends que l'amour

Est autant pour le cœur que pour l'œil est le jour !...

A ce touchant aspect, hélas ! je me rappelle

Que j'adorais jadis une vierge aussi belle ;

Que mes jours s'en allaient à ses pas enchaînés ;

Et que j'étais au rang des hommes fortunés !...

Dans un soir orageux, un éclair de ma haine,

Suivi d'un coup terrible, a brisé cette chaîne !...

Et j'ai fui !... Je savais, vierge au regard si doux,

Qu'un crime élargissait un abîme entre nous !

Que je ne pouvais plus chercher sous ta paupière

Le céleste rayon d'une chaste lumière !

Avant qu'il fut formé, j'ai détruit notre hymen :

Ma main sanglante aurait taché ta blanche main !

L'ANGE.

Quoi ! tu quittes ce toît où chante tant de joie !

LE MEURTRIER.

Fuyons encor! mon âme à la rage est en proie!
Fuyons!... Mais en quel lieu traînerai-je mes pas?
Mais où donc est la paix?

L'ANGE.

Elle est où tu n'es pas.

III.

LE VIEILLARD ET LA FAUTE,

DIALOGUE DRAMATIQUE.

LE VIEILLARD.

Va-t-en, spectre hideux ! va-t-en, ta voix me lasse !
Ton aspect m'épouvante et ton regard me glace !

LA FAUTE.

Faible mortel ! jadis à mes pieds tu volais !
Tu me cherchais alors ! alors tu m'appelais !

LE VIEILLARD.

Je te fuis aujourd'hui.

LA FAUTE.

Suis-je moins séduisante?

LE VIEILLARD.

Compagne de mes jours, compagne malfaisante,
Tu vieillis comme moi! comme moi tu n'as plus
Qu'un crâne décharné, que des membres perclus!
Tu veux en vain voiler, sous ton manteau d'hermine,
Ta beauté qui se fane et l'âge qui te mine,
Je ne vois plus ces yeux ardents de volupté,
Qui jadis d'un regard m'ont trop souvent flatté,
Ces contours gracieux, cette chair animée,
Dont ma vue autrefois fut trop souvent charmée :
Mais par dérision, ton crâne décharné
D'un diadème d'or est resté couronné!

LA FAUTE.

Je suis reine, il est vrai : je suis reine du monde.

LE VIEILLARD.

Oui !... je fus trop soumis à ta puissance immonde !

LA FAUTE.

Tout homme plus ou moins m'obéit et me suit.

LE VIEILLARD.

Ce n'est point au bonheur que ton pas le conduit !

LA FAUTE.

Je le conduis au moins au plaisir, à l'ivresse.

LE VIEILLARD.

Quel plaisir !... Exigeante, implacable maîtresse,

Tu forces ton esclave à suivre avec fureur

Un magique chemin qui mène à la terreur !

Que de fois, en cueillant les roses de la route,

Je me suis vu surpris, attéré par le doute !

Tu te montrais alors, belle comme un matin,

Belle comme un jour pur : j'achevais mon butin.

LA FAUTE.

Je te plaisais beaucoup ?

LE VIEILLARD.

Oui, beaucoup... trop peut-être !...

J'étais encore enfant que je te vis paraître.

En m'appelant aux jeux, tu me faisais haïr

D'un père à qui mon cœur me disait d'obéir :

Mais je suivais déjà ta voix irrésistible !...

Dans ma jeunesse, hélas ! plus belle et plus terrible,

Plus belle que l'aurore éclose au sein des cieux,

Plus terrible en secret que le fer odieux

Que la société fait tomber sur les crimes,

Et qui reste taché du sang de ses victimes,

Tu vins m'environner de tes enchantements !
Je ne discernai point, dans tes regards charmants,
D'un infernal défi la flamme ardente et sombre :
Admirant la clarté sans m'occuper de l'ombre,
Dans ton sourire doux je n'examinai pas
Que la pâle débauche en souillait les appas ;
Je ne m'aperçus point de tes splendeurs factices !
Toujours obéissant à tes moindres caprices,
Faute, je t'adorai ! je m'enivrai de toi !
Je te donnai pour temple et mon cœur et mon toît !
Palpitant de bonheur à ta voix argentine,
Je te fis mon idole, et je te crus divine !..

LA FAUTE.

As-tu cessé de croire à ma divinité ?

LE VIEILLARD.

J'y crois… comme je crois à ta difformité !
Mais ta divinité qui me parut céleste,
Est celle d'un démon tentateur et funeste !...
Tyran impitoyable encor dans l'âge mûr,
Tu m'as toujours caché de ton squelette impur

La nudité hideuse et la charpente vide ;

De toi dans l'âge mûr mon œil encore avide,

Admirait sur ton sein tes cheveux ondoyants,

Ton sourire lascif, tes regards flamboyants,

Restes pernicieux de ta beauté première !

Pleine de majesté, plus noble encor, plus fière,

Moins fraîche, mais plus riche, et vêtue avec soin,

Faute, tu m'attirais toujours, mais de plus loin !

Je luttais un moment, je songeais à la fuite,

Et puis je m'attachais comme un lâche à ta suite !...

Tu n'as rien aujourd'hui qui m'excite au désir :

Tes sentiers ne sont plus pour moi ceux du plaisir.

LA FAUTE.

Ainsi tu veux briser une aussi longue chaîne !

Des contes inventés par la faiblesse humaine,

Des stupides erreurs, des superstitions

Que la fièvre fit naître au sein des nations,

Tu deviens à ton tour le prophète et l'esclave !

Tu veux changer de joug, tu veux changer d'entrave ;

Et, quittant mon fardeau facile à supporter,

Tu veux en chercher un propre à te culbuter !

Vieillard, attends encor !

LE VIEILLARD.

Ce que tu me répètes,
Tu me l'as dit cent fois. Mes erreurs sont complètes :
Ma résolution est prise pour jamais :
Finis! je ne veux plus t'écouter désormais !
L'avenir, mot cruel qu'aujourd'hui je médite,
Sonne lugubrement dans mon âme interdite !
L'avenir, sous son voile insoulevable et noir,
Rassemble en même temps la terreur et l'espoir.
Quand l'ardente santé battait dans mes artères,
J'ai fui de la terreur les reproches austères :
Mais à présent que l'âge affaisse mon front blanc,
Elle murmure encore, et j'écoute en tremblant ;
Ma conscience émue avec elle murmure ;
L'espoir seul ne dit rien.

LA FAUTE.

Que ma voix te rassure !

Ces vaines fictions, ces songes inventés
Par des esprits caducs...

LE VIEILLARD.

Sont des réalités.
Tais-toi! j'ai vu mourir ma dernière espérance.
Chaque mot que tu dis redouble ma souffrance !

LA FAUTE.

Si tu n'espères plus, pourquoi m'abandonner ?
Garde au moins le plaisir que je puis te donner !

LE VIEILLARD.

Les deux mains sur mon cœur, le front dans la poussière,
Je me consacre à toi, consolante Prière !
Tout prie en ces lieux bas, l'enfant et le vieillard :
Je gémirai longtemps d'avoir prié trop tard !
La prière est la voix de chaque créature ;
La prière est le cri de toute la nature.
Du haut d'un minaret, d'un temple, d'un clocher,
Même au sein du désert, au sommet du rocher,

Tout prie : et j'ai besoin, plus que tout autre encore,

De prier l'Éternel que l'univers adore !

O Faute ! contre toi l'impuissant repentir

Arrive pour combattre et pour s'anéantir !

Il ne rachète rien ; il est souvent impie ;

Et ce n'est point par lui que le crime s'expie !

Mais la prière unie à la contrition

Conduisent le coupable à l'expiation.

Heureux quand aux sanglots de l'humaine misère

Se mêle une peu du sang versé sur le Calvaire !

C'est alors ou jamais que Dieu, moins courroucé,

Du livre de la vie efface le passé !

LA FAUTE.

Eh ! bien, séparons-nous.

LE VIEILLARD.

Je t'ai déjà quittée.

LA FAUTE.

Par d'horribles remords ta vieillesse agitée

Suivra péniblement la route du tombeau :
Mais dans un lieu plus vaste, et plus pur, et plus beau,
Nous devons nous revoir.

LE VIEILLARD.

Quoi! nous revoir encore !
Et dans un lieu plus pur !... Dans quel temps ?

LA FAUTE.

Je l'ignore.

Aux portes de l'espace et de l'éternité,
Tu me verras un jour monter à ton côté !
Témoin de tes plaisirs, compagne de ta vie,
Sur le chemin du temps, vieillard, tu m'as suivie :
J'irai t'accompagner aux pieds du Créateur,
Et me montrer là-haut ton guide accusateur !

IV.

ODES.

Linque severa.
HORATIUS

1844.

I.

AU ROSSIGNOL.

Je veillais : mais la terre entière
    Semblait dormir ;
La brise, au sein de la clairière,
    N'osait gémir ;

Le ruisseau coulait sans murmure,
A flots pensifs;
Tous les soupirs de la nature
Etaient captifs.

Tu chantas, oiseau solitaire,
Ton chant d'amour!
Je sentis tressaillir la terre
Comme au retour
De l'aurore qui la caresse;
Le vent jeta
Un léger accent d'allégresse,
Et t'écouta!

Au sein du silence du monde,
Tes doux accords,
Tantôt comme l'écho d'une onde
Baisant ses bords,
Tantôt comme la voix lointaine
D'un luth joyeux,
Descendaient du sommet d'un chêne,
Ou bien des cieux!

Sortant d'un prélude timide,
    Et s'animant,
Ta voix montait d'un bond rapide
    Au firmament;
Et remplissant soudain sa sphère,
    Illuminait
D'un jet brillant la nuit austère
    Qui la cernait!

Quand tu te taisais, ton silence
    Charmait encor :
C'était un moment d'espérance
    Et de transport;
De tes chants l'âme alors moins pleine
    Les goûtait mieux ;
Ta voix avait peuplé la plaine
    D'échos pieux !

Deux amants protégés par l'ombre,
    Au bord d'un bois,
Echangeaient des baisers sans nombre :
    Lorsque ta voix

Flattait leurs oreilles distraites,
Ils l'admiraient;
Leurs bouches, devenant muettes,
Se séparaient !

Je cherchais dans la nuit sauvage
S'il est un port
Où l'homme ne sent plus d'orage
Avant la mort,
Doux rossignol, ta mélodie
Me rappela
La terre au printemps reverdie,
Me consola !

II.

A UN JEUNE HOMME MÉLANCOLIQUE.

La fleur de la jeunesse embaume encor ta vie,
O jeune homme au front soucieux !
Cette émanation que le vieillard envie
N'a-t-elle plus pour toi rien de délicieux ?

Chaque chose a son temps, ô jeune homme ! ton âge
    Ne doit porter que des fruits doux !
Ton cœur est une mer vierge encor du sillage
Que le regret rongeur en passant creuse en nous !

Chaque chose a son temps : la morosité sombre
    Se couronne de cheveux blancs ;
De la nuit du tombeau son front réfléchit l'ombre ;
Et comme pour tomber, ses pas sont chancelants.

Mais toi, jeune homme, ô toi qui vois de l'existence
    Le long chemin devant tes yeux ;
Toi qui peux dans sa fleur savourer l'espérance,
Qui rend ainsi tes sens froids et silencieux ?

Quand un ciel nébuleux emprisonne la terre,
    Quand l'horizon se rétrécit, '
L'esprit de l'homme alors descend dans sa misère,
Se confine en soi-même, et de pleurs s'obscurcit.

Mais quand, pour engloutir des torrents de lumière,
    Un vaste ciel semble s'ouvrir,
L'âme, quittant son lit de cendre et de poussière,
Sur le céleste azur va s'ébattre et courir.

Le jour est beau pour toi, jeune homme ! la nature
    A dû te dire bien des fois :
« Mon fils, j'entends les chants de chaque créature :
Pourquoi n'ai-je jamais surpris ceux de ta voix ? »

« Regarde la forêt où les arbres s'élèvent
    En entrelaçant leurs rameaux :
Mortel, pour que tes jours suivant mon vœu s'achèvent,
Tu dois sur les mortels t'appuyer dans tes maux ! »

III

A LA NUIT

Que les oiseaux chantent le jour !
Que le monde entier lui sourie !
Que chaque plante avec amour
Lève vers lui sa corolle fleurie !

Que le laboureur réveillé
Dès qu'aux vitres de sa chaumière
L'aube au blanc visage a brillé,
Vante l'instant qui lui rend la lumière !

Pour moi je préfère la nuit :
Sur son trône entouré de voiles,
Elle se repose sans bruit,
Après avoir allumé les étoiles.

Sans elle, nous ignorerions
La magnificence céleste ;
Sans elle, nous implorerions
Les pleurs du soir, sang de la vie agreste.

Etant le repos des méchants,
Elle est celui de l'innocence :
Elle a fécondé bien des chants ;
Les rossignols chérissent sa présence.

En vain plus d'un moral discours
De la mort te nomma l'image,
Nuit protectrice des amours,
Souvent la vie est ton secret ouvrage !

IV.

A UNE JEUNE ANGLAISE.

L'homme de ce pays ne voit qu'une étrangère
Dans la jeune beauté que je nomme ma sœur;
    O Fanny, la foule légère
De ta voix bégayante ignore la douceur !

L'azur de tes grands yeux, l'or de ta chevelure,
De qui hait ta candeur excitent le mépris;
Et la pâleur de ta figure
De la coquette peinte arrache le souris!

Mais moi qui d'un regard ai pénétré ton âme,
Moi qui sais sa noblesse et sa simplicité,
J'admire en toi, céleste femme,
Le modèle accompli de la sérénité!

La vanité, l'envie, et le besoin de plaire,
Dans le monde entrevus, sont des songes pour toi :
Dès que ton cœur est solitaire,
Il les laisse s'enfuir, et reste sans émoi.

L'homme te dit en vain fille de l'Angleterre
Il sait que ta patrie est quelque part aux cieux;
Il sait que tu n'es étrangère
Que par ces dons si purs qui fatiguent ses yeux!

V.

SUR LES LARMES.

Malheur à qui n'a plus le divin don des larmes!
   Malheur à qui, dans son aridité,
      Ne se souvient plus de leurs charmes
       Ni de leur fécondité!

Longuement desséché par des remords de flamme,
Le cœur humain se ressert et se tord ;
Un cri d'amertume et de blâme
En le déchirant en sort.

Dans ce champ dévoré d'une soif indicible,
Se glisse et roule un venimeux serpent ;
Il y fait sa demeure horrible ;
Il le souille en y rampant.

Ce serpent, c'est la haine, avide meurtrière !
Sous leurs rameaux sur le sol abattus,
Il ronge jusqu'à la dernière
Des racines des vertus.

Heureux qui peut pleurer ! Source féconde et sainte,
Ruisseau limpide embaumé de fraîcheur,
Tu descends de la haute enceinte
Sur les regrets du pécheur !

L'âme s'ouvre, et reçoit cette onde salutaire
    Qui purifie et calme ses douleurs,
        Et devient une riche terre
            Que couvrent de belles fleurs.

Heureux qui peut pleurer! ô larmes! douces larmes!
    Combien l'amant aime à vous essuyer!
        Pour le saint vous êtes des armes :
            Pleurer est presque prier!

10

VI.

A MA LAMPE.

O lampe accoutumée aux veilles,
Constant témoin de mes doctes loisirs,
Le monde te devra peut-être des merveilles :
Moi, je t'ai dû bien des plaisirs !

Quand brillait ta clarté limpide,
Autour de toi ma silhouette errait :
Errait, plus vite encor que cette ombre rapide,
Mon regard avide et distrait.

Tremblotant comme ta lumière,
Un pan de mur devant moi s'affaissait ;
Un monde fantastique était caché derrière :
Mon âme aussitôt y passait.

Semblable à l'abeille légère,
Qui vers son nid ne revient pas sans miel,
Mon âme rapportait, fidèle messagère,
Quelque chant émané du ciel.

Tu me voyais alors écrire
L'hymne divin qu'elle m'avait dicté ;
Et tu m'as vu souvent m'emporter ou sourire
De l'avoir si mal répété !

Quand fuyait la rime rebelle,
Pour la trouver j'eusse couru bien loin :
Mais ton rayonnement, qui dans l'ombre étincelle,
Me la découvrait dans un coin !

La fiction, les doux mensonges,
Les souvenirs, habitaient ton côté :
O lampe, je t'ai dû ces poétiques songes
Qui sont pleins de réalité !

Tu m'as conduit, guide bizarre,
Dans le passé, sur des monts, sur des mers :
Les pieds sur les chenets, l'œil fixé sur ton phare,
J'ai fait le tour de l'univers !

Quand, faute d'aliment, ta flamme
Au point du jour dans les airs s'exhalait,
Je songeais au destin qui m'attend, et mon âme
Avec elle aux cieux s'envolait !

II.

POÉSIES SUR LE MOYEN-AGE.

I.

BALLADES ROMANTIQUES.

A vous, amants, plus qu'à nulle autre gent
Est bien raison que ma douleur complaigne.

CHATELAIN DE COUCY.

(1400 — 1600.)

1840.

I.

LE SIRE DE MONTBRUN.

I.

—Par les Saints, monseigneur, pourquoi cette âme en peine?
Disait maint écuyer au sire de Montbrun.
— Montbrun, pourquoi ces pleurs ? disait la chatelaine ;
Quel est dans votre cœur ce penser importun ? —
      Mais le chatelain pâle et grave,
      Auprès d'eux passait sans les voir ;
      Ou bien il disait : — Paix, mon brave !
      — O Berthe, Dieu fait le ciel noir ! —

II.

Le sire de Montbrun était tout jeune encore ;
Il avait un œil d'aigle et de longs cheveux blonds ;
Et quand pour courre un daim il partait dès l'aurore,
Il attirait les yeux des vierges des vallons :
　　Jamais pourtant sa voix brûlante,
　　Dans le bocage où meurt le jour,
　　A la jouvencelle tremblante,
　　N'avait dit le doux mot d'amour.

III.

Il allait donc plongé dans sa douleur muette,
Lui qu'on voyait jadis, fier sur son destrier,
Portant plume de cygne et relevant la tête,
Défier au combat le plus vaillant guerrier.
　　Qui sait quel tourment le possède !
　　Peut-être est-ce l'esprit malin ?
　　Que Notre-Dame vienne en aide
　　Au pauvre sire chatelain !

IV.

Quand monseigneur son père, au sortir de la vie,
Le voulut fiancer avec Berthe aux yeux doux,
Montbrun lui répondit que c'était son envie;
Il baisa Berthe au front, et devint son époux.

    Or, c'est depuis ce mariage
    Qu'on vit ses traits d'ombre couverts :
    A-t-il, sous féminin visage,
    Épousé l'enfant des enfers ?

V.

Non, Berthe est une sainte : elle est douce, elle prie;
La mère du Sauveur lui sourit chaque soir;
Et même de Montbrun l'amère rêverie
S'adoucit, quand aux pieds de Berthe il va s'asseoir.

    Tel l'enfant qu'effrayait un conte :
    Des bras de sa mère entouré,
    De sa vaine peur il a honte;
    Il est confus d'avoir pleuré.

VI.

Berthe n'enviait point ces nobles souveraines
Au port majestueux, au regard assuré,
Dont mille chevaliers osent porter les chaînes,
Et dont par mille exploits le nom fut célébré :
      Dans son beau manoir prisonnière,
      Berthe avait su s'accoutumer
      A se nourrir de la prière,
      A plaindre Montbrun, à l'aimer.

VII.

Montbrun dédaignait-il cet amour humble et tendre ?
Ses vœux s'adressaient-ils à de plus fiers appas !
Pour Berthe, elle l'aimait, hélas ! sans le comprendre ;
Il semblait la haïr, et ne la fuyait pas :
      Elle, semblable à son bon ange,
      Prête à partager ses douleurs,
      Répandait sur son mal étrange
      Moins de paroles que de pleurs.

VIII.

O pâtres des vallons, ô vives jouvencelles,
Savourez sans regret la paix d'un chaume obscur !
Le mal loge souvent sous d'altières tourelles :
La joie auprès de vous trouve un abri plus sûr !
    Souvent sous l'armure dorée,
    Sous le panache et sous la croix,
    Gémit une âme torturée,
    Lorsque vous chantez dans les bois !

IX.

Déjà depuis deux ans Montbrun plus solitaire,
Plus pâle et plus pensif encor de jour en jour,
Récélait dans son cœur ce douloureux mystère,
Et demeurait rêvant au fond de quelque tour :
    Ou s'il allait de la colline
    Aux bords des murmurants ruisseaux,
    Penchant son front sur sa poitrine,
    Il parlait plus bas que les eaux.

X.

Un soir, l'air était lourd, et l'horizon en flamme;
Montbrun regardait Berthe, et semblait interdit :
De ses lèvres soudain il sort un nom de femme,
Un nom vague, étranger... et Berthe l'entendit !

    Mais à son époux qui chancelle
    Elle court en tendant les bras :
    — Parle ! qu'as-tu ? s'écria-t-elle.
    — Je meurs, dit-il... tu m'entendras ! —

XI.

Il tomba sur un siége; et d'une main pesante
Il essuya son front humide, mais glacé;
Berthe, les yeux en pleurs et toute frémissante,
Contre son cœur ému le tenait embrassé :

    Il sourit d'un faible sourire,
    Un instant regarda les cieux,
    Médita ce qu'il voulait dire,
    Et reprit en baissant les yeux :

XII.

— Berthe, pardonnez-moi! de vous j'étais indigne.
N'êtes-vous pas un ange à mes côtés venu?
A votre chaste front qui porte encor le signe
D'un habitant des cieux, je vous ai reconnu!

    Hôte divin, dont la présence
    En me charmant me fait souffrir,
    Pardonnez si je vous offense :
    Je dois parler, je vais mourir.

XIII.

— J'avais été sensible avant de vous connaître ;
Un être surhumain avait eu mon amour ;
Jamais devant mes yeux je ne l'ai vu paraître ;
Comme l'esprit du mal il fuyait le grand jour :

    Mais son haleine parfumée
    Sur mon front passait en tous lieux ;
    Il suivait mon âme charmée
    De son langage harmonieux.

XIV.

— Il me parlait le soir au bord d'une onde pure;
Il me parlait encore par l'oiseau du matin;
Je le trouvais partout, dans toute la nature;
Sous le feuillage obscur, dans un rayon lointain.

    Que Notre-Dame, me disais-je,
    Me disais-je souvent tout bas,
    Que Notre-Dame me protége!
    Car Satan s'attache à mes pas.

XV.

— Mais semblait-il me fuir, j'étais souffrant et sombre.
Il vint auprès de moi dans une nuit d'été;
Chaude et douce, sa main prit la mienne dans l'ombre;
Il parla, je tremblais... mais il fut écouté.

    « Insensé, dit sa voix si douce,
    « Crois-tu mon langage trompeur?
    « Est-ce ton cœur qui me repousse?
    « D'une fée aurais-tu donc peur? »

XVI.

— « Parle ! et de tes désirs n'épargne pas l'audace !

« Je puis aller plus loin que n'iront tes souhaits.

« Sache enfin qu'il n'est rien que mon pouvoir ne fasse

« Pour celui que j'adore, ou contre qui je hais !

    « Si tu veux que ta renommée

    « Soit éclatante dès demain,

    « Je mettrai, si je suis aimée,

    « De la gloire sur ton chemin ! »

XVII.

— « J'ai pour toi, chevalier, d'autres plaisirs encore,

« Des plaisirs plus parfaits, plus durables, plus doux :

« Si le monde où tu vis les fuit ou les ignore,

« Nous en savourerons le secret entre nous.

    « Oui, je puis semer sur tes traces,

    « Dans tes bois les plus écartés,

    « Jusque dans cet air où tu passes,

    « D'inexprimables voluptés ! »

11

XVIII.

— « Je puis du ménestrel, du barde, du trouvère,
« Te donner les pensers, l'harmonie et la voix ;
« Mes pareilles, mes sœurs, dans la foule légère
« De ces chantres chéris, ont fait chacune un choix.

    « Nous transmettons à qui nous aime
    « Une part de notre beauté,
    « La moitié de notre esprit même,
    « Enfin notre immortalité ! »

XIX.

— Attentif, j'écoutais... enfin la fée achève ;
Et je me sens saisi dans ses bras amoureux :
Sur son sein palpitant si je n'ai fait qu'un rêve,
Pourquoi ce bien perdu me rend-il malheureux ?

    Ah ! cette volupté suprême
    Etait réelle ! et bien des fois
    J'entendis les doux mots *je t'aime*
    murmurés par la même voix !

XX.

— Mon âme était alors joyeuse, aimante, avide :
La lumière et les fleurs pour elle étaient des sœurs ;
Elle trouvait un monde, autrefois morne et vide,
Rempli d'enchantements et de vagues douceurs ;

    L'alouette à l'aube éveillée,
    L'écho du soir quand tout s'endort,
    Les épis, les eaux, la feuillée,
    Lui causaient un ardent transport !

XXI.

— Mais la fée une nuit vint à moi toute en larmes :
Sur mon front, sur mes mains, je les sentais couler ;
Mes bras et mes baisers pressaient en vain ses charmes,
Ma suppliante voix ne put la consoler.

    Elle me dit : « Sois-moi fidèle,
    « Conserve bien mon souvenir :
    « Un roi puissant au loin m'appelle,
    « Et rien ne peut me retenir ! »

XXII.

— « Je pars : mais dans ton cœur je vais laisser l'image
« Que ta pensée active a pu de moi rêver ;
« Et quand je reviendrai de mon lointain voyage,
« Vive comme aujourd'hui, je dois la retrouver !
    « C'est en vain que ton inconstance
    « De ton cœur l'aurait pu chasser :
    « Ma jalousie et ma vengeance
    « Sauraient bientôt l'y replacer ! »

XXIII.

— « Alors tu maudirais ta vie infortunée,
« Et tu fuirais alors tes nouvelles amours ;
« Et tu croirais compter une pénible année,
« Lorsque viendrait la fin de chacun de tes jours !
    « Les plus belles nuits étoilées,
    « Les plus riches teintes des cieux,
    « seraient pour toi comme voilées !
    « A travers les pleurs de tes yeux ! »

XXIV.

— « L'objet de tes amours perdrait aussi comme elles

« Les charmes qui t'auraient pour quelque temps séduit;

« Et tu voudrais donner ses faveurs éternelles,

« Pour passer dans mes bras une dernière nuit :

> « Je fuirais tes plaintes amères,
>
> « Tes cris, tes désirs éperdus;
>
> « De mon amour les doux mystères
>
> « Ne te seraient jamais rendus! »

XXV.

— Hélas! elle partit, et des mois s'écoulèrent;

Déjà sous mes ennuis mon front avait pâli;

Vainement mes discours en tous lieux l'implorèrent;

Puis insensiblement mon cœur reçut l'oubli.

> Vous parûtes, vous étiez belle;
>
> Je me prosternai devant vous :
>
> Et bientôt d'amant infidèle,
>
> Je devins infidèle époux.

XXVI.

— La fée avait dit vrai, Berthe ! et dans sa colère,
Elle jeta sur vous un voile de trépas :
Votre douce beauté ne pouvait plus me plaire,
Mes yeux vous contemplaient et ne vous voyaient pas.

    Alors du passé l'âme pleine,
    Même en vos bras je la cherchais ;
    Si votre main serrait la mienne,
    C'était sa main que je touchais !

XXVII.

— Si nous allions ensemble, à l'abri des collines,
Ecouter dans la nuit le chant des clairs ruisseaux,
Vous ne m'inspiriez pas ces ivresses divines
Que j'éprouvais près d'elle au moindre bruit des eaux !

    Ma fée était-elle une reine ?
    Les flots semblaient en se jouant
    Saluer une souveraine,
    Et ne chanter qu'en la louant !

XXVIII.

— Si quelque beau jour pur frappait votre paupière,
Vous parcouriez les chants d'un pied vif et joyeux :
Elle, elle s'emparait du rayon de lumière
Que l'astre de la nuit laissait tomber des cieux ;

    Et sur ce jet mélancolique,
    Sa main élevait dans les airs
    Un palais, un temple magique,
    Rempli d'harmonieux concerts !

XXIX.

— Vous ne m'avez offert que l'amour d'une femme :
Et votre chasteté n'irritait que mes sens :
Mais elle, elle savait pénétrer dans mon âme,
Mêlant à ses baisers d'ineffables accents.

    Aussi votre grâce naïve
    M'attirait-elle à vos côtés?
    J'entendais une voix plaintive
    Tout-à-coup me dire : arrêtez !

XXX.

— O mystère! une fée a visité ma couche,
M'a ravi sur son sein au monde des mortels!
Et ma bouche a souvent murmuré sur sa bouche
Des serments qui devaient, hélas! être éternels!
    Ce n'est point cet amour sublime
    Qui fut cause de mes malheurs :
    Mon oubli seul était un crime;
    Je l'expie enfin... et je meurs! —

XXXI.

Ainsi parla Montbrun d'une voix haletante;
Berthe tenait sa main et priait à genoux;
Elle aperçoit la mort; et, dans son épouvante,
Elle s'évanouit aux pieds de son époux...
    Depuis, à l'heure où le jour tombe,
    On la vit souvent déposer,
    Sur le marbre froid d'une tombe,
    Une rose avec un baiser.

II.

LE LÉVRIER.

1.

Renaud d'Escars aimait bien tendrement
Sa douce amie appelée Isabelle :
Ce bachelier avait un chien fidèle
Qu'il chérissait presqu'autant que sa belle ;
C'était, dit-on, un lévrier charmant.

II.

La belle, en femme un peu capricieuse,
Eut grand désir d'avoir le lévrier :
Renaud d'Escars, en galant chevalier,
Le lui donna sans se faire prier,
Content de voir sa maîtresse joyeuse.

III.

A voyager il se mirent un jour :
Renaud devant, sans visière et sans heaume,
Mais tout armé, semblait un gentilhomme
Digne d'avoir en sa garde un royaume,
Digne surtout de bonheur et d'amour.

IV.

A ses côtés, sur une haquenée,
Venait la dame en riant, en chantant;
Elle portait un long manteau flottant,
Doublé d'hermine, et d'un vert éclatant;
D'un cercle d'or sa tête était ornée.

V.

A quelques pas suivait le lévrier.
Ils étaient loin déjà de leur domaine,
Quand tout-à-coup ils virent dans la plaine
Un chevalier arrêté sous un chêne,
Prêt à combattre, et serrant l'étrier.

VI.

Renaud regarde ; et, brandissant sa lance :
— Par Saint-Michel, dit-il, cet inconnu
Pour m'attaquer me semble ici venu !
Mais le combat par moi sera tenu ! —
Renaud alors pique des deux, s'élance.

VII.

Le premier choc fut terrible, et Renaud
Vit, quoique preux, qu'il aurait fort à faire
Pour triompher d'un si rude adversaire.
Mais honte advient à qui se désespère !
Pensa le preux : il attaque aussitôt.

VIII.

Pendant longtemps la chance fut égale.
Les deux guerriers, par un accord soudain,
A leur combat parurent mettre fin ;
De la victoire aucun n'était certain ;
Tous deux craignaient une lutte fatale.

IX.

Renaud s'avance, et parle le premier.
— « Je ne sais pas si votre cœur désire
Recommencer, mais je suis prêt, messire.
Vous vous battez, je me plais à le dire,
Comme il convient à tout bon chevalier ! —

X.

Le chevalier répondit : — « Sur mon âme !
Je vois en vous un bachelier courtois ;
Nous joûterons ensemble une autre fois :
Mais jurez-moi sur votre épée en croix
De me laisser emmener votre dame ! »

XI.

« — Point ne ferai! lui répliqua Renaud.
Ma dame est belle, et chacun me l'envie ;
Elle m'est chère encore plus que la vie :
Loin de souffrir qu'elle me soit ravie,
Épée en main je périrai plutôt ! » —

XII.

Et cela dit, au combat il s'apprête.
— « Qu'est-il besoin, dit l'autre en l'arrêtant,
» D'aller ainsi sans cesse combattant ?
» Preux bachelier, femme vaut-elle tant
» Que sous ses yeux nous nous cassions la tête ?

XIII.

» Messire, on peut s'arranger, que je crois,
» Votre maîtresse est là qui nous écoute ;
» Elle connaît le but de notre joûte :
» A l'un de nous qu'elle se donne toute,
» Et je promets de respecter son choix. » —

XIV.

Renaud céda, mais non sans quelque peine,
Bien qu'il se crut de sa dame adoré ;
Son front pâlit, son cœur fut déchiré,
Quand il la vit, d'un air libre, assuré,
Vers l'inconnu s'en aller sous le chêne.

XV.

Dame en tout temps aima la nouveauté ;
Changer lui plaît, mal faire l'intéresse ;
Renaud l'apprit : trompé dans sa tendresse,
Il dit tout haut : — Trop je t'aimais, traîtresse !
Cet abandon, l'ai-je donc mérité ? —

XVI.

Puis il partit, laissant couler ses larmes :
A chaque pas, pensif, il s'arrêtait ;
De se venger parfois il méditait ;
Et maudissant sa dame, il regrettait
Son faux amour, ses baisers et ses charmes.

XVII.

Mais il entend les pas d'un destrier ;
Il se retourne, et voit son adversaire,
Cet inconnu qui mieux que lui sait plaire.
— Ah ! qu'est-ce encore ? dit-il avec colère.
— Preux bachelier, je veux le lévrier.

XVIII.

— « Ah ! dit Renaud, je commence à comprendre.
» Ma dame insulte à mon chagrin amer ;
» Son traître cœur fut pétri dans l'enfer !
» O chevalier, ce lévrier m'est cher :
» Elle le veut, tâche de le lui rendre ! »

XIX.

« Car je te dis ce que toi-même as dit :
» Ce chien est libre ; entre nous qu'il choisisse.
» Je prétends bien respecter son caprice.
» Sur cet ami que ton pouvoir agisse ;
» Et puis après retourne, et sois maudit ! » —

XX.

Il dit, et part sans détourner la vue.
Le chevalier fit retentir les bois
Et les vallons des accents de sa voix;
Il appela, mais en vain, bien des fois :
Le chien fuyait cette voix inconnue.

XXI.

Renaud s'éloigne et quitte les chemins;
Et parvenu dans la forêt obscure,
Met pied à terre; et laissant sa monture
Dans la clairière errer à l'aventure,
Pose ses yeux et son front dans ses mains.

XXII.

Le nom amer, le doux nom d'Isabelle,
S'échappe enfin de son cœur oppressé;
Il pleure alors de se voir délaissé :
Mais à ses pieds il se sent caressé,
Et reconnaît son lévrier fidèle.

XXIII.

— « Bien ai-je fait, dit-il, de te nourrir !

» Tu t'en souviens, ami, lorsque ma belle

» Fuit mon amour, mon service et mon zèle !

» J'aurais donné mon cœur à l'infidèle

» Si j'avais pu me l'ôter sans mourir ! »

XXIV.

« Reste avec moi, console ma tristesse.

» A mon foyer tu trouveras toujours

» Un sûr abri contre les mauvais jours.

» Rappelle-moi mes funestes amours :

» Beau lévrier, tu fus à ma maîtresse ! » —

III.

LE ROSSIGNOL ET LE PERROQUET.

I.

De roseaux et de fleurs la salle était jonchée :
Par la fenêtre ouverte entraient en même temps
Les chants de la fauvette à l'ombre au loin cachée,
Les rayons du matin et l'odeur du printemps.

II.

Auprès de Blanchefleur, Florange était assise ;
Et, la laissant rêver, offrait d'un air joyeux,
Ses blonds cheveux bouclés au souffle de la brise,
La neige de son sein au jour doré des cieux.

III.

Blanchefleur était belle, et Florange jolie :
Pâle comme un beau lys de la tristesse aimé,
L'une penchait son front avec mélancolie ;
L'autre en tout ressemblait à la rose de mai.

IV.

— Si quelque ménestrel, dit tout-à-coup Florange,
Jeune et beau, doux et tendre, était à mes genoux,
Et me parlait d'amour avec la voix d'un ange,
Je sens que je pourrais l'écouter sans courroux. —

V.

— Ce jour, dit Blanchefleur, ce jour est plein de flamme :
Si quelque chevalier me priait d'un baiser,
En me parlant d'amour du ton qui vient de l'âme,
Je crois que je pourrais ne le pas refuser. —

VI.

Florange répartit avec un doux sourire :
— Ce que nous éprouvons, ma sœur, est naturel.
Au printemps tout s'anime, aime, rêve et soupire :
Que n'ai-je à mes genoux mon jeune ménestrel ?

VII.

Blanchefleur répliqua d'un ton empreint d'ivresse :
— Le poisson sous les eaux, le daim dans le hallier ;
Et l'oiseau dans les airs, tout cède à la tendresse :
Que n'ai-je auprès de moi mon noble chevalier ? —

VIII.

— Pourquoi d'un chevalier briguer ainsi l'hommage?
Est-il fait pour aimer le guerrier inhumain
Qui, sortant des combats où son orgueil l'engage,
Blessé, couvert de sang, vient vous offrir sa main? —

IX.

— Pourquoi d'un ménestrel soutenir l'espérance?
Est-il fait pour aimer celui qui perd ses jours
A redire un vain chant de joie ou de souffrance,
Et qui ne saurait pas protéger ses amours? —

X.

— Quand le rossignol aime, il choisit la nuit sombre
Pour chanter ses plaisirs sans trahir leur secret :
Le ménestrel a-t-il un rendez-vous dans l'ombre?
Aussi mélodieux, il est aussi discret.

XI.

— Quand l'aigle veut aimer, il se bâtit une aire
Où, sûre d'être en paix, sa compagne s'abat :
Au sein des plaisirs même, il aiguise sa serre ;
Et si l'ennemi vient, il s'élance et combat. —

XII.

— Un baiser, un sourire, un ruban, moins encore,
Un rien du ménestrel charme et comble les vœux ;
L'ivresse est dans son cœur, lorsque sa main décore
Son luth d'une églantine ou d'un nœud de cheveux. —

XIII.

— Le chevalier est fier des dons de sa maîtresse ;
Il est fier d'en porter le chiffre et la couleur :
Il attire les yeux, il plaît, il intéresse,
Quand un gage d'amour augmente sa valeur. —

XIV.

— Pélerin d'harmonie à la voix enivrante,
Qui chemines pensif peut-être en cet instant,
Finis, doux ménestrel, finis ta course errante :
Florange veut t'aimer, et Florange t'attend ! —

XV.

— Preux guerrier qu'en tous lieux on vante et l'on admire,
Interrompts pour un jour le cours de tes exploits :
Viens, noble chevalier, viens vers qui te désire ;
Blanchefleur aujourd'hui veut te dicter ses lois !

XVI.

Telle était des deux sœurs l'amoureuse querelle.
Tout-à-coup dans les airs une voix s'élevant,
Monta jusqu'au balcon du pied de la tourelle,
Et chanta sur le luth le prélude suivant :

XVII.

« Dames et chevaliers, qui de vous veut entendre
« Le merveilleux récit d'un combat acharné
» Entre le rossignol à la chanson si tendre,
« Et le fier perroquet de pourpre couronné ? »

XVIII.

« L'aventure est plaisante et difficile à croire,
« Car on ne vit jamais ces deux oiseaux lutter :
« Mais c'est un lai d'amour qui parle aussi de gloire ;
» L'air en est assez bon pour le faire écouter. »

XIX.

— Voici, dit Blanchefleur, ta prière exaucée ;
Réjouis-toi, ma sœur, voici le ménestrel :
Sans doute il est venu porté par ta pensée ;
Mon chevalier moins prompt résiste à mon appel.

XX.

— Que vois-je? dit Florange au balcon attentive,
Et laissant à ses pieds plonger son beau regard;
Cette sonore voix dont la douceur captive,
Le croirais-tu, ma sœur? est celle d'un vieillard! —

XXI.

— Fais-le monter, Florange : il sera notre maître
En ce doux art d'aimer qu'on ne peut oublier;
Quoique vieux ménestrel, il te dira peut-être
De quel prix est le cœur d'un jeune chevalier! —

XXII.

Florange, sans répondre à ces mots ironiques,
Se penche et fait un signe au ménestrel errant :
Il apparaît bientôt sous les voûtes gothiques;
Il salue avec grâce et sourit en entrant.

XXIII.

Sa tête toute blanche et sa barbe argentée
Lui donnaient un air grave, un aspect sérieux :
Mais sa noble beauté, de l'âge respectée,
Brillait visible encor sous le feu de ses yeux.

XXIV.

Son long manteau d'azur, doublé de blanche hermine,
Etait sur son épaule attaché par un pan ;
Et son bras découvert serrait sur sa poitrine
Un luth orné de fleurs et de plumes de paon.

XXV.

— « Que voulez-vous de moi, dit-il, mes damoiselles ?
« Quel lai, quel fabliau vous plaît-il réclamer ?
« Si j'étais jeune encore, en vous voyant si belles,
« Je n'aurais pu chanter avant de vous aimer ! »

XXVI.

« Pour nous tous il vaut mieux que je garde un empire

« Que vos yeux au vieillard pourraient même arracher :

« Le cœur qui se lamente et la voix qui soupire,

« Ne savent point ravir, ne savent que toucher. »

XXVII.

« Je mets donc à vos pieds ma joyeuse science.

« A ces plumes de paon, doux prix de mes accents,

« Vous voyez que mon art aime l'expérience,

« Et que l'âge débile a des accords puissants. » —

XXVIII.

— « Vieillard, lui dit Florange, un mot de vous présage

« Quelles sont de vos chants la grâce et la douceur :

« Mais que le ménestrel se taise, et que le sage

« Aujourd'hui m'humilie ou confonde ma sœur. »

XXIX.

« Entre elle et moi s'élève une étrange dispute :
« D'un esprit bienveillant, vieillard, écoutez-nous !
« Soyez juge du camp : le vaincu dans la lutte,
« Ira vous présenter son front à deux genoux ! »

XXX.

— « Pourquoi, répondit-il, ces yeux pleins de malice ?
« Pourquoi vous raillez-vous du pauvre ménestrel ?
« Ce que vous m'ordonnez est un cruel supplice :
« Ce que vous promettez est un appât cruel !

XXXI.

« Belles également par les traits et par l'âme,
« Pourrais-je concevoir qu'une de vous ait tort ?
« Séduit par la beauté des lèvres d'une femme,
« Je crois que la raison au moindre souffle en sort. »

XXXII.

« Par l'âme et par les traits également dotées,
« Quelle est celle de vous que j'oserais choisir
« Pour poser sur son front mes lèvres enchantées?...
« C'est peu d'un seul baiser pour un double désir ! » —

XXXIII.

— « Vieillard, dit Blanchefleur, c'est trop de courtoisie ;
« Il vous faut reconnaître entre nous un vainqueur :
» Mais celle de nous deux que vous aurez choisie,
» Peut-être maudira son triomphe en son cœur ! »

XXXIV.

« Si ma raison, ma gloire, animent mon audace,
» De la victoire enfin me font chérir le prix :
» Je sens que votre bouche, éloquente avec grâce,
» Eut pourtant effleuré mon front pur de mépris. »

XXXV.

» Sur vos premiers amours, jurez d'être sincère !
» Et si vous trahissez un si noble serment,
» Puissiez-vous oublier la dame la plus chère
» Dont vous fûtes aimé, dont vous fûtes amant ! » —

XXXVI.

Le ménestrel resta plongé dans sa pensée.
Mais soit qu'un tel serment lui parût sans danger,
Soit que sa courtoisie y fût intéressée,
Il ne retarda plus enfin de s'engager.

XXXVII.

Les deux charmantes sœurs aussitôt commencèrent
Chacune à célébrer l'objet de ses amours;
Et lorsque de parler toutes les deux cessèrent,
Le vieillard attentif les écoutait toujours.

XXXVIII.

Il semblait éprouver une surprise extrême ;
Il demeurait pensif et sans se prononcer :
Etait-ce courtoisie encore ? était-ce même
Tout ensemble ignorance et crainte d'offenser ?

XXXIX.

Soudain, on vit ses traits animés d'un sourire ;
Il parut secouer un penible embarras ;
Et comme subjugué par un art qui l'inspire,
Il saisit aussitôt son luth entre ses bras.

XL.

Alors d'un maintien calme, et sans répondre encore
Aux deux sœurs qui sur lui tenaient leurs yeux ouverts,
Il fit voler ses doigts sur l'instrument sonore :
Bientôt l'aile du chant laissa tomber ces vers.

XLI.

— « Il est un doux pays où vivent les sylphides :
Heureux qui s'en ira dans ce charmant séjour !
L'air en est parfumé ; les jours y sont rapides ;
On n'y voit que des fleurs : Amour y tient sa cour. »

XLII.

« Le palais du monarque est un dôme d'albâtre
Soutenu dans les airs par cent piliers dorés ;
Autour de ce splendide et vaste amphithéâtre,
Un perron d'émeraude élève ses degrés. »

XLIII.

» Sur l'onde des fossés revêtus d'un beau marbre,
On voit nager en paix des cygnes amoureux.
Plus loin est un grand bois : la tête de chaque arbre
Exhale un doux murmure, un parfum savoureux. »

XLIV.

« Un bruit de longs baisers, de vagues harmonies,
Des portes du palais s'échappent à la fois ;
Des colombes d'azur, par couples réunies,
Promènent leurs amours et leurs chants dans le bois. »

XLV.

« Mais quel monde est sans guerre, et quel ciel sans orage !
Même en ce doux pays gouverné par Amour,
On a vu deux amants s'insulter avec rage,
S'armer, se provoquer, et s'attaquer un jour ! »

XLVI.

« Deux sylphides causaient, dit-on, cette querelle :
L'une, charmante, aimait le hérault du printemps ;
L'autre, d'un cœur plus fier et d'attraits non moins belle,
Aimait un perroquet aux reflets éclatants. »

13

XLVII.

« La jalousie éclose entre les deux sylphides,
Se trahit tout-à-coup par de cruels débats ;
Et parmi les oiseaux, même les plus timides,
Fit naître la discorde et le goût des combats. »

XLVIII.

« Le redoutable autour à la serre cruelle,
Le geai rempli d'orgueil, la pie au dur caquet,
Et le coucou, lui-même, affectant un grand zèle,
Allèrent se ranger autour du perroquet. »

XLIX.

« Mais l'amoureux pigeon, la joyeuse alouette
Qui semble saluer le soleil en son vol,
La craintive mésange, et la douce fauvette,
Firent cause commune avec le rossignol. »

L.

« Amour vit tout-à-coup son empire en alarmes.
Il assembla ses Pairs ; et, dès le même jour,
Il voulut, pour calmer les sylphides en larmes,
Qu'une joûte éclatante eût lieu devant sa cour. »

LI.

« De vengeance et d'honneur les champions avides,
Entrèrent dans la lice où l'on vint proclamer
Leurs titres et leurs noms ; où leurs jeunes sylphides,
En pâlissant de crainte, allèrent les armer. »

LII.

« Ils reçurent pour heaume une feuille de rose,
Et pour épée une herbe au tranchant acéré.
Chacun des combattants, le premier, se propose
D'engager un combat ardemment désiré. »

LIII.

« La lutte fut subite, et longue, et redoutable.
Le tendre rossignol, grâce à son vol léger,
Pour sa cause eut d'abord la chance favorable :
Mais le sort des combats souvent aime à changer. »

LIV.

« Le perroquet frappait d'estoc comme de taille :
Le pauvre rossignol eut son heaume fendu ;
Il tomba comme mort sur le champ de bataille ;
Les sylphides pleuraient en le croyant perdu. »

LV.

« Pourtant il se relève et gonfle sa jeune aile :
Soit qu'il veuille paraître encor prêt à lutter,
Soit qu'il fuie, au contraire, une lice cruelle,
Il vole sur un arbre et se met à chanter. »

LVII.

« Ses chants harmonieux émeuvent l'assemblée.
Le perroquet lui-même, attentif, et surpris
D'entendre cette voix si pure et si perlée,
Quitte son maintien fier et son air de mépris. »

LVII.

« Et malgré lui, cédant à sa propre nature,
Il veut du rossignol imiter la chanson ;
L'assemblée en sourit, et bientôt en murmure :
Amour lui-même alors le rend à la raison. »

LVIII.

— « Vous avez tous les deux obtenu l'avantage,
» Dit le sage monarque aux guerriers désarmés ;
» Tous deux, l'un par sa voix, l'autre par son courage,
» Vous me semblez à moi mériter d'être aimés. »

LIX.

« Voici donc à tous deux ce que je vous conseille :
» Le tendre rossignol désormais apprendra
» A combattre aussi bien qu'il sait charmer l'oreille;
» Et le preux perroquet à chanter s'instruira. — »

LX.

« Il dit : on approuva la sentence suprême.
On leva l'assemblée, et le combat finit.
Le lai du ménestrel finit ici de même :
Le rossignol se tait et rentre dans son nid. » —

LXI.

A ces mots, s'inclinant vers les deux sœurs rêveuses,
Et déposant son luth, le vieillard s'arrêta :
Ses manières semblaient presque mystérieuses;
Ce fut d'un air étrange, enfin, qu'il ajouta :

LXII.

— « Ce qu'Amour vient de dire est aussi ma réponse ?
» Damoiselles, daignez agréer cet arrêt ;
» Il m'évite aujourd'hui qu'entre vous je prononce
» Un jugement pénible et peut-être indiscret. »

LXIII.

« Donc, si vous souhaitez aimer, aimez ensemble
» Un noble chevalier, un tendre ménestrel :
» Plus d'un seigneur en lui tous les deux les rassemble ;
» Je cite pour exemple Ennemond de Fayel ! » —

LIV.

A ce nom, les deux sœurs à la fois tressaillirent,
Et sans se regarder détournèrent les yeux ;
Leur front, leur cou, leur sein, de rougeur se couvrirent ;
Leurs bouches n'avaient plus de sourires joyeux.

LXV.

C'est qu'au loin sur la route, et devant la fenêtre,
S'élevait le château du sire de Fayel :
Et les deux sœurs avaient en lui trouvé peut-être,
L'une un beau chevalier, l'autre un doux ménestrel !

LXVI.

Le vieillard s'éloigna d'un air d'indifférence.
Bientôt seul dans la plaine, il se mit à rêver :
Son beau front se couvrit d'un voile de souffrance ;
Et son œil vers le ciel n'osa plus se lever.

LXVII.

— « Fatal déguisement, que l'amour m'a fait prendre,
» Dit-il d'un ton amer, à quoi m'as-tu servi ?
» Je voulais être aimé ; je désirais l'apprendre ;
» Je le sais :... et mon cœur ne se sent point ravi ! »

LXVIII.

« Puis-je, ô charmantes sœurs qu'également j'honore,

» Révéler le secret en mon cœur renfermé ?

» Puis-je avouer le nom de celle que j'adore,

» Quand de toutes les deux je suis de même aimé ? »

LXIX.

« Je nourrissais, hélas ! une plus humble envie !....

» J'ai cherché le bonheur, je trouve le remords.

» Si de l'une de vous je fais fleurir la vie,

» De l'autre, je pourrais faire germer la mort ! »

LXX.

« L'amour dans ses jardins n'admet que deux personnes ;

» Mais trois peuvent s'unir à la fois dans le ciel :

» C'est là-haut, chères sœurs, que j'attends vos couronnes!

» Plus ici ne verrez Ennemond de Fayel. » —

IV.

LA DAME DE CHINON.

I.

Pour célébrer la dame de Chinon,
Trois chevaliers avaient fait un pas d'armes ;
Ils remplissaient tout le pays d'alarmes ;
Car ces trois preux, dont je tairai le nom,
S'étaient acquis un terrible renom,
Faisant couler bien du sang, bien des larmes,
Pour célébrer la dame de Chinon.

II.

Depuis huit jours, sans quitter leur armure,
N'ayant pour toît qu'un vieil arbre et les cieux,
Lance en arrêt, jetant partout les yeux,
Ils épiaient mainte et mainte aventure;
A tout venant ils couraient, je vous jure,
Et contre lui s'escrimaient de leur mieux,
Depuis huit jours, sans quitter leur armure.

III.

Celle pour qui ces braves se battaient,
Aliénor, était belle, mais fière ;
On en parlait dans la contrée entière;
En l'adorant, les troubadours chantaient,
Les hauts barons maints bons coups se portaient :
On la nommait des belles la première,
Celle pour qui ces braves se battaient.

IV.

Toucher son cœur était leur espérance.
Avec plaisir pour elle ils seraient morts,
Pour qu'elle vînt répandre sur leur corps
Des mots d'estime et de condoléance ;
Avec fureur, même avec imprudence,
Toujours pour elle, ils combattaient alors :
Toucher son cœur était leur espérance.

V.

Soir et matin, la dame Aliénor,
Sans grand souci de cette ardeur guerrière,
Dans son manoir errait muette et fière,
Le corps vêtu d'un damas tissu d'or.
Nombreux varlets la servaient ; puis encor
Un page était qui suivait par derrière,
Soir et matin, la dame Aliénor.

VI.

Ce page avait le plus charmant sourire,
Un regard doux, un modeste maintien;
Même il était peut-être un peu trop bien;
Moins de beauté pour aimer doit suffire,
Pour être aimé même encor, c'est tout dire!
De le haïr il n'était nul moyen :
Ce page avait le plus charmant sourire.

VII.

La dame fière et le page tremblant
Se trouvaient seuls souvent dans le bocage :
Or ils avaient, chacun dans son langage,
L'une un ton bref, et l'autre un ton dolent :
Mais ils étaient heureux en se parlant;
Et chaque instant ramenait sous l'ombrage
La dame fière et le page tremblant.

VIII.

De tout cela je ne sais trop la cause :
Mais je sais bien que le page, un beau soir,
Près de la dame étant venu s'asseoir,
Lui fit le don d'un frais bouton de rose ;
Malgré son air dédaigneux et morose,
La chatelaine osa le recevoir :
De tout cela je ne sais trop la cause.

IX.

Soit par orgueil, soit par autre motif,
Aliénor récompensa son page :
Ce qu'il reçut fut charmant, je le gage ;
Car un cœur fier est froid, mais ostensif ;
A s'acquitter il est toujours actif ;
Et qu'on lui donne, il donne davantage,
Soit par orgueil, soit par autre motif.

X.

Ce que reçut le page pour sa rose,
Est un secret : nul œil n'a pu le voir.
On se souvient qu'alors il faisait soir :
La sombre nuit cache à tous toute chose.
Vous qui savez tout ce que l'amour ose,
Ne pouvez-vous en même temps savoir
Ce que reçut le page pour sa rose.

XI.

Rose il donna, mais aussi rose il eut,
A dit quelqu'un : comment faut-il l'entendre ?
Quelle est la fleur, et fraîche, et belle, et tendre,
Que le blondin pour la sienne reçut ?
Est-ce un baiser qu'il cherchait, qu'il voulut ?...
Comprenne enfin celui qui peut comprendre !
Rose il donna, mais aussi rose il eut.

XII.

Et le meilleur de toute l'aventure,
Ce fut de voir trois guerriers, pleins d'ardeur,
A tout venant courant avec fureur,
Faire jurer que leur dame était pure,
Sans étriers, sans lance, sans blessure,
Un page obtint le prix de la valeur,
Et le meilleur de toute l'aventure.

V.

LE CHEVALIER FOU.

I.

Sur sa main appuyant sa tête,
Et le coude sur son genou,
Pâli par sa douleur secrète,
Un chevalier devenu fou,
Rêvait souvent dans la prairie,
Sur la colline, au bord du bois ;
Et souvent, dans sa rêverie,
Il élevait sa faible voix.

14

II.

Souvent deux larmes ruisselantes,
En y roulant, gonflaient ses yeux ;
Alors de ses deux mains tremblantes
Il cachait son front soucieux.
L'homme le plus dur, à sa vue,
Sans parler, passait pas à pas ;
Et les yeux de la vierge émue
Se mouillaient, ne le quittaient pas.

III.

Bien des gens disaient à voix basse :
Quelle est donc sa longue douleur ?
Où sont allés sa bonne grâce,
Son esprit léger, sa valeur ?
Voilà bien deux bonnes années
Que nous le voyons perdre ainsi
Ses heures aux pleurs condamnées :
Que Dieu lui fasse enfin merci !

IV.

Un jour que, mouillé par l'orage,
Il soutenait son front penché,
Près de lui, sous l'humide ombrage,
Un ménestrel s'était caché.
Du jeune fou la voix touchante
Suivait son cœur qui s'égarait :
Et le ménestrel qui le chante,
Put surprendre alors son secret.

V.

Ma ballade, simple, fidèle,
N'a besoin d'aucun ornement :
Le pauvre fou sourirait d'elle,
S'il devenait sage un moment.
Pour vous, oreilles éveillées,
Recueillez bien du chevalier
Les paroles éparpillées !
Ce sont les perles d'un collier.

VI.

« La lance en main, le casque en tête,
Sur mon cheval au poitrail noir,
Au combat qui pour moi s'apprête,
Je m'élance, bouillant d'espoir !...
Pauvre petite mouche verte,
Cache-toi bien dans le gazon
Dont la plaine est toute couverte :
L'arachne bâtit ta prison ! »

VII.

« Je suis vainqueur ; et la victoire
Me donne l'honneur du tournoi :
Les trompettes sonnent ma gloire ;
Je reçois un salut du roi... —
Petit oiseau qui fais entendre
Des accents si mélodieux,
Sais-tu bien que ta voix si tendre
De l'autour attire les yeux ? »

VIII.

« Mon épée est pure et loyale :
Le roi m'honore et me chérit.
Je vois dans l'estrade royale
Un visage encor qui me rit!... —
Ce matin la splendide aurore
M'a dit : Tu crois que l'ombre fuit?
Que d'elle je triomphe encore?
Mais tantôt reviendra la nuit! »

IX.

Je fais souvent un rêve étrange :
Quand en haut je lève les yeux,
Je crois voir les deux yeux d'un ange
Me contempler du haut des cieux..... —
Hier au soir, dans le cimetière,
Le roi des nocturnes flambeaux,
Prodiguait sa noble lumière
Sur le froid néant des tombeaux! »

X.

Un souvenir ronge mon âme :
En me dévorant, il me plaît.
Oui, c'était une noble femme !
Un modèle d'attraits complet !... —
L'autre matin, deux jouvencelles,
Dans la prairie, avec ardeur,
Recueillaient les fleurs les plus belles :
Ces fleurs-là n'ont jamais d'odeur ! »

XI.

« Pourquoi la vois-je me sourire ?
Pour servir l'honneur et mon roi,
Mérité-je qu'elle m'admire ?
D'autres preux le font comme moi !... —
La colombe tremble sans cesse ;
La brise murmure toujours ;
L'aiglon se sent de sa noblesse ;
Et le ruisseau poursuit son cours ! »

XII.

« Je le sens bien, je l'aime encore;
Jadis elle m'aimait aussi!
Ses traits que je me remémore,
Avec moi voltigent ici!... —
La biche, d'une flèche atteinte,
De ses pieds redouble l'effort;
Sur sa route, sanglante empreinte,
Elle porte partout la mort. »

XIII.

« Elle était belle comme un ange :
Est-il une onde sans limon?
Belle elle était, mais en échange,
Elle avait l'âme du démon!... —
Flétrissez-vous, fleurs printanières!
Tombez, feuillage des forêts!
Et vous, murmurantes rivières,
Taisez-vous! l'hiver est tout près. »

XIV.

« Nous étions seuls. Je dis : O reine,
Le souvenir de votre époux,
Lorsqu'en vos bras l'amour m'entraîne,
Menaçant , se glisse entre nous !... —
Jaunissez, ô vertes campagnes !
Oiseaux , délaissez vos guérets !
Entraînez au loin vos compagnes !
Fruits , tombez , l'hiver est tout près. »

XV.

« L'amour a des conseils perfides
Qui pour l'âme sont un poison :
Que de fois il nous rend avides
De vengeance et de trahison !... —
Dans sa cellule solitaire ,
Heureux le moine sans désir !
On rencontre au moins sur la terre
Vingt tourments pour un seul plaisir ! »

XVI.

« Je quittai le bord de l'abîme
Où son pied demeurait posé :
Elle osa m'accuser d'un crime
Que moi seul j'avais refusé !... —
J'aime les vallons, la nature,
La nuit, le jour, l'aube et le soir :
Mes pleurs coulent sur la verdure,
Chaque fois que j'y vais m'asseoir ! »

XVII.

« Je suis banni des beaux domaines
Où le roi tient sa noble cour ;
Et dans mes paternelles plaines,
Je dois habiter sans retour !... —
Il n'est si bonne compagnie,
Disait à ses chiens un vieux roi,
Qui n'aille, la fête finie,
Se retirer chacun chez soi. »

XVIII.

« Et je m'en vais de rêve en rêve :
Celui que je viens de passer,
Qu'un douloureux soupir achève,
Il me faut le recommencer !... —
Aujourd'hui la vallée est sombre.
Le mortel, au destin amer,
Doit-il compter des jours sans nombre,
Pareils aux sables de la mer ? »

XIX.

« Le roi vint dans ma solitude ;
Je le trouvai sur mon chemin :
Du regret prenant l'attitude,
Il me tendit sa noble main !... —
Ce n'est pas assez d'être auguste,
Disait mon aïeul au feu roi ;
Il faut encore, sire, être juste !
Mon aïeul valait mieux que moi. »

XX.

« Je dis au roi : — Sur ma foi , sire ,
Je prétends toujours l'adorer !
Permettez que je me retire :
Voici l'heure où je dois pleurer..... —
Oui, pleurer a pour moi des charmes !
J'aime à voir ces perles rouler.
Avant nous , combien de nos larmes
A la terre vont se mêler ! »

VI.

L'ANGE DU REPENTIR.

1.

A Notre-Dame-des-Douleurs,
Antique monastère où mainte jeune fille
Ne put voir, sans verser des pleurs,
Se fermer sur ses pas l'infranchissable grille,
On admirait jadis un ange peint au mur,
Qui, repliant sur soi son aile,
Levait en souriant un œil humide et pur
Vers une patrie éternelle.

II.

C'était l'ange du repentir :
Son sourire était doux ; au bord de sa paupière,
Une larme prête à sortir,
Pareille au diamant, éclatait de lumière ;
Son front pâle semblait avoir longtemps rêvé
Et creusé l'humaine souffrance :
Mais son doigt lumineux vers le ciel élevé,
Aux pécheurs parlait d'espérance.

III.

Une nonne de dix-huit ans,
Sœur Angèle fixait sur le tableau sublime
Des regards pensifs et constants ;
Et dans son innocence, elle eut cru faire un crime
D'oublier, en passant près du bel ange en pleurs,
De réciter une prière :
Son cœur interrogeait ces divines douleurs,
Et cette larme de lumière.

IV.

Sœur Angèle était ange aussi ,
Ange par la beauté comme par l'innocence :
Pourtant soit regret , soit souci ,
Soit curieux désir de quelque connaissance ,
Elle rêvait parfois le matin et le soir :
Elle rêvait quand l'hirondelle
Chantait sur sa fenêtre , et quand à son miroir
Elle se voyait jeune et belle.

V.

— Sous l'ombrage des orangers ,
Sur un tapis de fleurs , elle se trouve assise ;
Des parfums doux et passagers
Viennent flatter ses sens en nageant sur la brise :
Un jeune et beau seigneur se place à ses côtés ,
Lui dit en souriant : Je t'aime !
Et ces mots ravissants , inconnus , redoutés ,
Elle les répond elle-même ! —

VI.

Ce rêve brûlant la poursuit.
Elle quitte sa couche et s'habille à la hâte.
La dernière ombre de la nuit
Fuyait à l'occident : l'orient écarlate
Illuminait les monts de ses vives couleurs.
Sœur Angèle émue, éperdue,
Pour la première fois près du bel ange en pleurs
Passe et fuit sans jeter la vue.

VII.

Cependant les pleurs lumineux,
Le doigt même de l'ange, étincelaient dans l'ombre :
Mais cet éclat, visible en eux,
Quand la nonne eut passé, vacilla, devint sombre.
Un bruit d'ailes se fit entendre au même instant.
Les autres sœurs, après l'aurore,
Ne retrouvèrent plus au mur l'ange éclatant
Qu'on y voyait le soir encore.

VIII

Tremblante, d'un pas incertain,
Sœur Angèle franchit la grille solitaire ;
Cherchant l'air glacé du matin,
Elle erre lentement autour du monastère,
Dans les vastes jardins aux nonnes consacrés.
Une allée odorante et verte
La couvre et la conduit vers des murs retirés
Dont la porte était entr'ouverte.

IX.

Parcourir d'un coup d'œil les champs,
Voir un hameau fumer au fond de la vallée,
Des bergers écouter les chants,
C'était pour sœur Angèle enchaînée, exilée,
Retrouver la patrie avec la liberté :
Tout dormait d'ailleurs autour d'elle.
Pour un simple regard sur la terre jeté,
Sera-t-elle au ciel infidèle?

X.

A cette pensée, elle sort ;
Et comme l'alouette au matin éveillée,
    Qui dans les airs prend son essor,
Elle court et bondit sur la mousse émaillée ;
Son rêve et le couvent étaient déjà bien loin ;
    Et la timide prisonnière,
De sa cage échappée, heureuse, sans témoin,
    S'emparait de la terre entière.

XI.

Soudain au détour d'un sentier,
Equipé richement et suivi d'hommes d'armes.
    Apparaît un beau cavalier.
Sœur Angèle rougit ; son cœur s'emplit d'alarmes.
Que devenir ? comment retourner sur ses pas ?
    Le cavalier verrait sa fuite :
Il pourrait croire alors qu'on ne l'évite pas,
    Qu'on l'encourage à la poursuite.

15

XII.

Désirant pourtant l'éviter,
Sœur Angèle à pas lents s'éloigne de la route :
Comme elle eût craint de s'arrêter !
Mais des pensers nouveaux la bouleversaient toute.
Ce jeune cavalier rencontré par hasard,
Brillait de beauté comme un ange :
Fuir ce qui séduit tant le cœur et le regard,
N'était-ce pas vraiment étrange ?

XIII.

Oh ! surprise ! elle entend le bruit
D'un cheval au galop qui vers elle s'avance.
Elle n'hésite plus et fuit :
Mais le prompt cavalier d'un seul bond la devance ;
Et mettant pied à terre, il lui saisit le bras.
Retenue ainsi, sœur Angèle
Baissait ses grands yeux noirs, muette d'embarras,
Confuse de se savoir belle.

XIV.

« Ma sœur, dit le jeune seigneur,
D'un ton de voix si doux que l'air frémit à peine,
« Ma sœur, c'est un jour de bonheur
» Qui l'un et l'autre ici, malgré nous, nous entraîne !
» Quels murs m'ont si longtemps dérobé tant d'appas ?
» Et quelle jalouse puissance,
» Loin de tous les plaisirs a détourné vos pas,
» Vous enchaînant à l'innocence ? »

XV.

» Je veux ouvrir votre prison ;
» Je veux ouvrir vos yeux, je veux ouvrir votre âme ;
» Voyez, ma sœur, à l'horizon,
» Cette nuit qui s'éteint et ce jour qui s'enflamme.
» Dans votre cœur aussi je veux mettre le jour ;
» Votre vie aura son aurore ;
» Cette aurore et ce jour, ma sœur, ce sont l'amour :
» Dans la nuit vous êtes encore ! »

XVI.

» Montez sur l'un de mes chevaux,
» Et venez vous ranger parmi les chatelaines :
» Oh! que d'enchantements nouveaux
» Vous attendent, ma sœur, au sein de mes domaines !
» Au ciel du monde un jour désirez-vous briller?
» Je vous livrerai mes richesses !
» Et je veux, dès ce soir, vous offrir un collier
Que vous envieront des duchesses! »

XVII.

« Ma sœur, pourquoi trembler ainsi?
» Et pourquoi redouter un homme qui supplie?
» C'est moi qui suis à ta merci,
» Jeune fleur de beauté ! crois-tu que je l'oublie?
» Dieu lui-même t'a mise ici sur mon chemin :
» En vain ton corps se penche et tremble,
» Ta main ne peut sortir désormais de ma main,
» Et nous devons partir ensemble! »

XVIII.

Il dit, la saisit aussitôt,
Fait un signe à ses gens, soulève sœur Angèle,
S'élance ; et soudain au galop,
Il l'emporte en ses bras au-devant de sa selle.
La jeune sœur sentit sur son front pâlissant
Se poser une bouche ardente :
Troublée, elle ferma les yeux en frémissant.
Que Dieu protège l'imprudente !

XIX.

Mais que servirait de crier ?
Que serviraient aussi de trop tardives larmes ?
Fendant les airs sur son coursier,
Le cavalier volait suivi des hommes d'armes.
La nonne ne pouvait que rêver à son sort :
Et l'avenir qu'elle présage
Ne montre à son esprit ni les fers ni la mort,
Mais la trouble encor davantage.

XX.

Au pied d'un antique donjon
Entouré de fossés remplis d'une eau fétide,
Et couverts de fleurs et de jonc,
S'arrête tout-à-coup le cavalier rapide.
Son cor résonne alors : à ce bruyant avis,
Un archer vient pour reconnaître
L'hôte qui l'a donné ; baissant le pont-levis,
Il ouvre la porte à son maître.

XXI.

Alors avec empressement
Le cavalier conduit sœur Angèle effrayée
Au fond d'un riche appartement ;
Sur son épaule encore il la tient appuyée.
Elle sent de nouveau des baisers sur son front,
Même un bras qui serre ses charmes ;
Elle répond alors à cet indigne affront,
En versant un torrent de larmes.

XXII.

« Enfant, disait le cavalier,

» Quel est donc cet effroi que je ne puis comprendre ?

» Faut-il en vain te supplier ?

» Tu ne sais rien encore, et ne veux rien apprendre !

» Crains-tu donc de livrer à mon ardent amour

» Cette bouche où la mienne aspire?

» Ce cou voluptueux, ce sein au doux contour

» Qui sur le mien bat et soupire ? »

XXIII.

» Enfant, il est si doux d'aimer !

» Le bonheur même au ciel est encor la tendresse.

» Pourquoi d'un froid mépris armer

» Ton front pur, tes beaux yeux, ta bouche enchanteresse?

» Bannis une terreur qui voile ta beauté

» De cette ombre morne et chagrine !

» Livre-moi tes appas ! et que la volupté

» De sa flamme les illumine ! »

XIV.

Ces mots étaient entrecoupés
D'étreintes, de baisers, de caresses hardies :
La raison et les sens frappés
Par cette longue audace et par ces perfidies,
Sans courage et sans voix, la nonne succomba.
Moins coupable que le fut Ève,
Comme un marbre entraîné, sœur Angèle tomba :
Sa chûte fut celle d'un rêve.

XXV.

Bientôt seule avec le remords,
Elle pleure et maudit son crime involontaire ;
Même elle ose appeler la mort :
Lui rendrait-elle, hélas ! la paix du monastère ?
Le désespoir enfin égare sa raison :
Après un terrible silence,
Dans l'onde des fossés qui ceignent sa prison,
Fuyant sa honte, elle s'élance.

XXVI.

La nonne se sentit mourir :
Un éclair de regret pénétrant dans son âme,
En un instant la fit souffrir
Plus qu'un an de supplice au milieu de la flamme.
Puis tout s'anéantit comme en un lourd sommeil.
Tout-à-coup une voix l'appelle :
Elle rouvre les yeux, et voit à son réveil
Un beau vieillard penché vers elle.

XXVII.

« O Dieu miséricordieux,
Dit-elle avec effroi, « je fus faible et coupable :
« Mais ne m'exilez pas des cieux ;
« Prenez pitié, Seigneur, de l'horreur qui m'accable !
« S'il le faut, par mille ans de tourments mérités,
« Frappez ma désobéissance :
« Mais d'habiter un jour heureuse à vos côtés,
« Laissez-moi du moins l'espérance ! »

XXVIII.

— « Pourquoi ce regard de terreur?
Demanda le vieillard; « que craignez-vous, ma fille?
« Revenez d'une impie erreur :
« J'appartiens comme vous à l'humaine famille.
« Je suis un pauvre ermite, et je passe mes jours
« Dans le jeûne et dans la prière;
« Et j'attends comme vous qu'un céleste secours
« Me retire de la poussière! »

XXIX.

« Ce matin un homme est venu,
« Apportant votre corps, sans chaleur et sans vie;
« J'interrogeai cet inconnu :
« A votre humide tombe, il vous avait ravie.
« Mais vous ayant trouvée au pied d'un vieux château,
« Du maître il a craint la colère :
« Il est venu cacher son funèbre fardeau
« Dans ma chapelle solitaire. » —

XXX.

La nonne, rougissant alors,
De son enlèvement fit le récit fidèle ;
    Elle exagéra tous ses torts :
L'ermite comprit tout, l'ermite eut pitié d'elle.
Ayant prié, le saint l'exhorte à retourner
    Vers son religieux asile.
— Vos compagnes, dit-il, voudront vous pardonner
    Ce que pardonne l'Évangile ! —

XXXI.

    Angèle se mit en chemin :
Elle marcha pieds nus sur la ronce et la pierre,
    Tenant un rosaire à la main.
Quand le jour en fuyant lui ravit sa lumière,
Elle ne voulut point attendre son retour :
    Par le repentir entraînée,
Elle parvint enfin au paisible séjour
    Où sa vie était enchaînée.

XXXII.

L'aube alors blanchissait les cieux.
Comme au jour où fuyant sa cellule déserte,
La nonne avait franchi ces lieux,
Tout reposait encor : la même porte ouverte
Lui permet de rentrer dans les jardins obscurs;
La même allée aussi la guide;
Elle vole au couvent, et jette sur les murs
En passant un coup-d'œil rapide.

XXXIII.

Mais elle voit, en tressaillant,
Que le bel ange en pleurs n'occupe plus sa place;
Elle s'étonne en s'effrayant;
Son pas devient timide et tout son sang se glace.
Autour d'elle régnait un silence de mort :
Pendant qu'elle tremble et recule,
Un faible son de voix comme un murmure sort,
En l'appelant, de sa cellule.

XXXIV.

« Rassure-toi, disait la voix ;
« Tu m'as souvent prié sans me connaître encore ;
« Avec bonheur je te revois :
« Je sers qui me respecte, et j'aime qui m'adore.
« Ta chûte, tes péchés, Dieu seul les a voulus :
« Moi, j'ai leur dégoût à t'apprendre !
« Tu deviens digne enfin de ne me quitter plus,
« Etant digne de me comprendre ! »

XXXV.

C'était l'ange du repentir
Qui de la pauvre Angèle avait pris la figure.
Dès l'instant qu'il la vit partir,
Il voulut, prévoyant sa funeste aventure,
Que cet événement fût ignoré toujours ;
De la nonne il cacha l'absence ;
Et l'on crut que lui seul avait fui quelques jours :
Lui seul fut taxé d'inconstante.

XXXVI.

Quand il eut repris sur le mur
Sa forme aérienne et sa pose éternelle,
Sur son regard humide et pur
Se fixèrent souvent les yeux de sœur Angèle.
A genoux près de lui fatiguant le pavé,
Elle passa sa vie entière,
Lisant ce qu'exprimaient ce doigt au ciel levé
Et cette larme de lumière !

II.

ROMANCÈRE DE GRENADE.

(ESPAGNE-ARABE.)

Lauzor engenr' amor
Mag c'una sola res.
(*Ancienne devise de chevalerie.*)

(XIVᵉ ET XVᵉ SIÈCLES.)

1842.

I.

UNE LARME.

I.

Jadis dans Grenade, un Abencerrage,
Courageux guerrier, beau comme le jour,
Près d'une Espagnole assis sous l'ombrage,
En ces mots brûlants lui parlait d'amour : —
« Toi qui me parais plus charmante encore
Que l'astre des nuits dans le plus beau soir ;
Toi qui me parais plus charmante à voir
Que le doux éclat qui pare l'aurore,
Quand, rose éclatante, elle semble éclore
Et s'ouvrir soudain au fond d'un ciel noir ; »

16

II.

« Toi qui me parais, comme la gazelle,
Voltiger dans l'air d'un pied gracieux ;
Toi dont le regard lance une étincelle
Qui pénètre l'âme en frappant les yeux ;
Toi dont le langage est une harmonie
Que l'oreille écoute et qu'entend le cœur,
Chant délicieux dont l'accent vainqueur
Jette dans les sens l'ivresse infinie
Que leur fait subir la voix d'un Génie,
Et que suit longtemps la tendre langueur ; »

III.

« Toi qui me parais à travers ton voile,
Nuage limpide et mystérieux,
L'astre matinal, la dernière étoile
Que le jour jaloux va chasser des cieux ;
Toi dont les contours d'une grâce pure,
Avec volupté des yeux caressés,
Laissent après eux, quand ils sont passés,
Des jets lumineux dans la nuit obscure,
Des parfums dans l'air et sous la verdure,
Et des rêves d'or partout dispersés ; »

IV.

« Toi qui me parais douce comme l'onde
Qu'on trouve cachée au sein du désert,
Es-tu l'habitant de quelque autre monde ?
Génie inconnu, t'ai-je découvert ?
Es-tu la péri qui sur le nuage,
De l'or, des rubis, sème les couleurs ?
Es-tu la péri qui préside aux fleurs ?
Qui, leur dérobant un cruel outrage,
Les ferme au moment où gronde l'orage,
Et qui le matin les couvre de pleurs ? »

V.

« Es-tu la péri de la solitude
Qui, rêvant sans cesse au bord des ruisseaux,
Murmure comme eux, et fait son étude
De laver le sable où coulent leurs eaux ?
Quand du doux bulbul la chanson s'élance,
Quand de ses amours les plaisirs divers,
Traduits en accords, montent dans les airs,
Et troublent des nuits le sombre silence,
Es-tu la péri qui tout-bas cadence
Et dicte à l'oiseau de si doux concerts ? »

VI.

« Ah ! femme ou péri, c'est toi, Léonore,
A qui désormais j'ai voué mes jours !
Le Prophète sait combien je t'adore :
Je l'ai moins prié depuis nos amours.
Mon honneur, ma gloire, et ma renommée,
Me sont chers encor, mais ne pourraient pas
Me faire oublier tes divins appas.
Non, rien n'éteindra mon âme enflammée !
Et ma bouche est prête, ô ma bien aimée;
A baiser le sol que foulent tes pas ! » —

VII.

Ce fut en ces mots que parla le maure,
La lune éclairant seule l'horizon :
Soudain il se penche; et sa Léonore
Voit sa main froisser l'humide gazon.
Surprise, elle éprouve une vague alarme.
— Que veux-tu ? dit-elle au beau cavalier.
— Ton anneau, dit-il, que j'ai vu briller.—
Mais elle aussitôt, d'un ton plein de charme,
S'écrie : — Abdallah, ce n'est qu'une larme ! —
Et de ses beaux bras lui fait un collier.

II.

LE ROI DON JUAN.

I.

Le roi don Juan, ayant fui sa cour,
Au bord du Xénil chevauchait un jour;
Soudain il rencontre un cavalier maure;
Le reconnaissant du premier regard :
— Salut! lui dit-il, brave Abénamar!
J'ai fait connaissance avec ton poignard;
Et de toi mon flanc se souvient encore! —

II.

— O roi don Juan, dit le cavalier,
Ma dague abattit un vaillant guerrier !
Déjà ton épée était sur ma tête ;
Un clin d'œil encore, et j'étais vaincu.
Allah seul est grand ! il dit : j'ai vécu....
Mais toi, lance en main, montrant ton écu,
Viens-tu dans ces lieux à quelque conquête ? —

III.

— Je viens où mon cœur me dit de venir,
Brave Abénamar, non pour te punir ;
Me venger n'est point ce que je désire ;
Sans plaisir pour moi serait ton trépas.
Pourquoi chercherais-je à cacher mes pas ?
Sans te provoquer, je ne te crains pas...
Sache donc qu'ici l'amour seul m'attire ! —

IV.

— O roi, puisses-tu trouver le bonheur !
Je connais l'amour : c'est notre seigneur ;
C'est un autre Allah régnant sur la terre.
Mais quelle captive à l'œil langoureux,
Ou quelle sultane au rire amoureux,
Porte dans sa main ton cœur généreux ?
Dis-moi ton secret : je saurai le taire ! —

V.

— Regarde là-bas : vois ces trois coteaux !
Dis, Abénamar, quels sont ces châteaux
Dont la tête sort de ces bosquets sombres ?
Quelles sont ces tours, dont le front pareil
Au front du Calpé, rougit au soleil ?
Et quelle cité dort d'un doux sommeil
Aux pieds de ces forts qui la couvrent d'ombres ? —

VI.

— Dans ces creux vallons étendue ainsi,
C'est Grenade, ô roi, que tu vois ici :
Son nom est allé jusqu'à tes oreilles.
Et ces beaux palais qu'on célèbrera,
Tant que sur la terre un homme vivra,
Bâtis par les djinns, ce sont l'Alhambra,
Le Djénéralife et les Tours-Vermeilles ! —

VII.

— O belle Grenade ! ô si tu voulais
Apprendre de moi combien tu me plais,
Tu serais heureuse, ô charmante ville !
Reine des cités, don Juan est roi.
O si tu voulais, Grenade, être à moi,
Si tu le voulais, je jure ma foi
De t'offrir en dot Cordoue et Séville ! —

VIII.

— Don Juan, Grenade a pris un époux ;
Grenade chérit un hymen si doux :
Un maure envié l'aime et la possède.
La lune montrait son premier croissant,
La mer étouffait son cri menaçant,
Quand Allah bénit ce maure naissant :
Crois-tu qu'à ce maure un chrétien succède ? —

IX.

— Quand mon premier jour caressa mes yeux,
Un prodige aussi parut dans les cieux :
Je fus salué d'un astre splendide.
L'océan revient mugir sur son bord ;
La lune a changé : mais mon astre d'or,
Dès que la nuit naît, resplendit encor ,
Et me sert, le jour, d'invisible guide. —

X.

— En vain, don Juan, ton astre reluit ;
Et son charme en vain ici t'a conduit :
De garder sa foi, Grenade est jalouse.
Son maure chéri la comble, en retour,
De dons et d'honneurs ; il t'apprit un jour
Qu'il sait protéger son bien, son amour :
Car d'Abénamar Grenade est l'épouse. —

XI.

— De l'ardente Afrique enfant basané,
Sur ta bouche impure un mensonge est né ;
Tu ris de l'amour que je te confie.
Je ne voulais pas, l'épée à la main,
Si tôt de l'enfer t'ouvrir le chemin :
Tu viens me railler par ce faux hymen ;
Eh! bien, au combat ma voix te défie! —

XII.

— Fils d'une chrétienne en captivité,
Sur l'étroit chemin de la vérité,
Enfant, je marchais, conduit par ma mère;
Je n'ai point depuis pu m'en écarter.
Mais toi, don Juan, qui sembles douter,
Suis-moi vers Grenade, et viens visiter
Celle qui de loin sait si bien te plaire ! —

XIII.

— Je ne doute plus, noble Abénamar !
Maure heureux, adieu ! je pars sans retard.
Ta Grenade est belle, et je la désire.
Ah ! cache-là bien ! Maure, je pourrais
L'aimer encor plus, la voyant de près,
En être jaloux, te la prendre après :
Va ! ce n'est que trop où mon cœur aspire ! —

XIV.

— Salut, don Juan ! Quand tu le voudras,
Au champ du combat tu m'appelleras :
Avec toi la lutte intéresse, honore.
Mais quant à Grenade, il faut l'oublier;
Il n'est point de roi, point de chevalier,
Qui de son serment pût la délier :
Je vis, c'est assez : j'aime et l'on m'adore ! —

III.

CÉLINDAXA.

I.

Ô Célindaxa, miroir de mes yeux,
Exilé pour toi dans cette bourgade,
Quand dans les plaisirs tu vis à Grenade,
Avec désespoir j'habite ces lieux !
Le seul bien qui plaît à mon âme aigrie,
C'est le souvenir de t'avoir chérie !

II.

Semblable à la tour de la Campana
Qui domine au loin de riches campagnes,
Tu dois surpasser toutes tes compagnes
Par les doux attraits qu'Allah te donna:
Tel, au sein des fleurs qui font son cortége,
Un lys élégant lève un front de neige !

III.

Tu dois surpasser toutes les beautés
Que mon fier rival, autour de son trône,
Dans son Alhambra, confine, emprisonne !
Lorsque je t'aimai, mes yeux enchantés
Te trouvaient pareille à la belle aurore ;
Je t'aime toujours : tu dois l'être encore !

IV.

Mon rival jaloux voulut m'accuser
De porter envie à son rang suprême :
J'aimais seulement la femme qu'il aime ;
Ce qu'il a puni, j'aurais dû l'oser !
Je suis las enfin d'être une victime
Qui ne s'est pas fait son sort par un crime !

V.

S'il avait voulu, mon unique amour,
T'exiler aussi dans cette contrée,
J'aurais oublié la ville sacrée ;
Avec toi j'aurais, au fond d'une tour,
Descendu sans bruit le sentier vulgaire
Qui conduit le lâche à son lit de terre !

VI.

J'aurais avec toi chéri ma prison !
Et s'il le voulait, ce tyran perfide,
Je serais pour toi mon propre homicide :
Mon cœur t'eût servi déjà de rançon !
Il veut que je vive avec la pensée
Que de moi tu ris en ses bras pressée !

VII.

L'amour qui lui dît de me condamner,
Est le même amour qui brûle mon âme
De son éternelle et terrible flamme,
Qui me dit à moi de le détrôner.
O Célindaxa, ton deuxième maître,
Comme le premier, sera roi peut-être !

IV.

L'ESCLAVE AU HAREM.

I.

Esclave au harem d'un puissant roi maure,
La jeune Isabel, l'œil mouillé de pleurs,
Au premier rayon qui rit à l'aurore,
Disait chaque jour : — Tu me vois encore
Pâlir et ployer sous tant de douleurs !

II.

Deux ans ont coulé : timide captive,
A gémir ici je passe mes nuits ;
Mais à l'heure affreuse où le jour arrive,
J'impose silence à la voix plaintive
Qui sort de mon sein tout gonflé d'ennuis.

III.

Un maître jaloux, voulant que je l'aime,
Ordonne, menace : il faut obéir !
Je subis en vain son désir suprême :
Dans le froid oubli des voluptés même,
Mon cœur se soulève, osant le haïr !

IV.

O comble inouï de toutes misères !
C'est impunément, et c'est devant moi,
Qu'on ose insulter au Dieu de mes pères !
Au Dieu qu'à genoux je priais naguères,
Et dont en secret j'ai gardé la foi !

17

V.

Où sont mes doux champs, ma maison chérie,
Mes bois verdoyants, mes vallons, mes eaux ?
Trop heureuse encor, quand la rêverie
Abuse et nourrit mon âme attendrie
D'un vague portrait de ces lieux si beaux !

VI.

J'ai suivi des yeux la vive hirondelle,
Et mon cœur a fui ce triste palais ;
Il semblait léger et libre comme elle :
Vers le doux pays que je me rappelle,
Hier encor j'ai cru que je m'envolais !

VII.

Et toi, beau jeune homme au regard de flamme,
Qui, sans le savoir, avais mon amour,
Je prétends au moins te garder mon âme !
C'est le seul trésor qu'une pauvre femme
Puisse conserver dans ce vil séjour !

VIII.

D'être ta compagne un jour je fus digne :
Au lieu qu'à présent, ô mon bien-aimé,
Il faut, malgré moi, que je me résigne
A penser qu'une autre, en sa joie insigne,
Du doux nom d'époux t'a déjà nommé !

IX.

Quand la liberté me rendrait mes ailes,
Quand, libre à ton tour, tu me sourirais,
Pourrais-je oublier les mains criminelles
Qui surent dompter mes charmes rebelles ?
Je mourrais de honte, ou je te fuirais !

X.

Mes jours sont amers, ma vie est fatale :
Je n'ai pas vingt ans, je suis dans les fers.
Que sert cette pompe étrange et royale
Que dans ma prison mon tyran étale ?
D'un voile de pleurs mes yeux sont couverts.

V.

HAKEM

I.

A Plaisir-des-yeux le vaillant Hakem
Disait tendrement : — Mon esclave ignore
Avec quelle ardeur son maître l'adore :
Je ne vois que toi, fleur de mon harem !

II.

Je suis musulman de naissance et d'âme :
Mais si tu voulais me faire chrétien,
Je crois, par Allah ! que je voudrais bien
Souscrire à tes vœux, ô charmante femme !

III.

Si tu désirais de moi quelque don,
Fût-ce les trésors que chacun m'envie,
Je les livrerais ! même de ma vie,
Je pourrais pour toi faire l'abandon !

IV.

J'entends quelquefois ton cœur qui soupire ;
J'en rougis de honte, ô Plaisir-des-yeux !
Je sais que pour toi je suis un peu vieux :
Mais je rajeunis à te voir sourire !

V.

Un maure m'a dit qu'un jeune guerrier
T'a vue un matin par hasard sans voile,
Et qu'il s'écria : — Je vois une étoile ! —
Ce crime est bien grand ! mais c'est le premier.

VI.

Je t'aime à tel point, ma houris mortelle,
Que je suis toujours tout prêt à douter !
Et puis, dans ces murs, qu'ai-je à redouter ?
Je sais que ton corps au moins m'est fidèle.

VII.

Je ne voudrais pas te faire trembler !
Pourtant si quelqu'un te voyait encore,
Fût-ce par hasard, ô toi que j'adore !...
Mon eunuque noir irait t'étrangler !

VI.

ADIEUX A GRENADE.

I.

Grenade, ô Grenade ! ô nid de merveilles !
Où sont, ô Grenade, ô fleur des cités,
Où sont aujourd'hui tes palais vantés,
Ton Albaycin et tes Tours-Vermeilles ?
Où sont tes imans invoquant Allah ?
Et tes juges-rois assis sous un chêne?
Et de tes guerriers la troupe lointaine
Couvrant de turbans l'Antequerela ?

II.

O Grenade! où sont tes brunes mauresques
Dansant la zambra sous des orangers,
De la volupté peignant les dangers
Dans leurs mouvements vifs et pittoresques?
Où sont tes bosquets inconnus au jour,
Tes ombreux jardins chers à la sultane
Qui rêvait, fuyant tout regard profane,
A quelque regard de secret amour?

III.

Où sont tes balcons ornés de feuillages,
Où ton peuple entier souvent s'assembla,
Dévorant des yeux la Bivarrembla
Pleine de Zégris et d'Abencerrages?
Où sont tes tournois, tes jeux, tes djérids,
Tes beaux cavaliers aux riches armures,
Venant conquérir les flatteurs murmures,
Et les doux regards de mille houris?

IV.

Tes luths adonnés à la sérénade,
Tes luths amoureux si bien inspirés,
Et contre l'ennui toujours conjurés,
Tes luths enchanteurs, où sont-ils, Grenade ?
Et ces doux oiseaux si gais et si vains,
Ces chantres qui font, aidés d'une rime,
Aimer les douleurs que leur voix exprime,
Où sont-ils aussi, ces bulbuls divins ?

V.

Où sont-ils, Grenade ?... — Allah les appelle !
Ils sont dans la tombe ; ou bien dans l'exil,
Au lieu de chanter, comme Boabdil,
Ils s'en vont pleurant Grenade la belle !
Mes nobles tribus, mes émirs, mes rois,
Dans d'affreux rochers cherchent un refuge :
Même pour prier, mon peuple transfuge
Craint en s'éloignant d'élever la voix !

VI.

Ma mosquée ouverte aux regards avides,
S'emplit chaque jour de rires moqueurs;
Mes harems sacrés ont vu mes vainqueurs :
Profanés d'abord, enfin ils sont vides.
En ruisseaux de sang mes jets-d'eau changés,
De mes murs pompeux baignent les ruines;
Et sous les bosquets de mes trois collines,
Des guerriers chrétiens dorment ombragés.

VII.

Des enfants d'Issa pauvre prisonnière,
Je devais m'attendre à périr ainsi!
Espérais-je d'eux obtenir merci?
Ils ont l'échafaud peint sur leur bannière!
Je le vois dans l'air et sur chaque fort
Déployer sur moi son sinistre empire : •
Hélas! en passant la porte d'Elvire,
La croix dans mon sein fit entrer la mort!

III.

POÈMES ANTIQUES.

INTRODUCTION.

Que j'aime à remonter le fleuve des années !

Antiques nations, ô reines enchaînées

Autour du triste char des morts et des vaincus,

O captives du temps, parmi vous je vécus !

Les longs ressouvenirs qui du présent m'éloignent,

Qui m'entraînent vers vous, le disent, le témoignent !

Ceux qu'on aima vivants, on les regrette morts.

Doux rivages connus, je veux revoir vos ports !

A l'ombre de vos tours par l'âge ruinées,

Je retourne m'asseoir, villes abandonnées !

Et je repars chercher, ô ténébreux vallons,

Le vestige mourant de vos premiers colons !

Par quel enchantement aimé-je ainsi ces choses ?

De mes vagues regrets quelles seraient les causes ?

Tirant tout du néant, l'imagination
Serait-elle l'auteur de cette vision
Qui me montre souvent des cités tout entières?
L'esprit humain a-t-il de si vastes lumières?
Ou bien mon âme a-t-elle autrefois habité
Un royaume, une ville, un corps qu'elle a quitté,
Mais dont le sentiment en elle existe encore?
Faut-il croire, en un mot, au *divin* Pythagore?
Des jardins que dans l'air bâtit Sémiramis,
Hier encor je sortais, suivi de vieux amis;
Et d'un dernier regard j'admirais Babylone :
Soudain en Laconie et dans Lacédomone,
Ville où la femme avait, dit-on, tant de beauté,
Par le secours d'un dieu je me crus transporté;
Je rapportais le prix des combats olympiques,
Et mon nom s'élevait parmi des chants lyriques;
Cléis me regardait d'un œil plein de douceur :... —
Vierge, as-tu donc été mon épouse ou ma sœur?

Parfois avec Mentès, ce pilote d'Homère,
Je m'apprête à franchir l'onde écumeuse, amère ;
Je m'embarque à Leucade. On lève l'ancre, on part.
Le rivage blanchit, disparait : mon regard

N'aperçoit plus au loin qu'une orgueilleuse cime,
Qu'un reste de fumée, et le mouvant abîme.
« Rame de Phénicie, inventrice des ports ! »
Chantent les nautonniers en doublant leurs efforts,
« Hâte, ô mère des flots, ta course sur les ondes !
» Les vents ne creusent point le sein des mers profondes ;
» Enfant de l'Océan, Glaucus, sortant des flots,
» Nous dit : — L'orage est loin ; hâtez-vous, matelots ! — »
Et nous voguons toujours vers de lointaines plages.
Et déjà sur le Nil, entre deux beaux rivages,
Nous voyons s'élever les palais de Memphis.
On aborde. — Salut ! d'Hellen ce sont des fils !
Une loi d'Amasis nous ouvre cet empire :
Pythagore et Solon ici vinrent s'instruire ! —

Avec les Tyriens, sur de plus longues mers,
Je vais rasant l'Afrique et ses brûlants déserts,
Ou je trafique aux bords de l'Indus et du Gange.
Bizarrement ainsi de nation je change ;
Je cours de peuple en peuple ; et, joyeux bohémien,
Où je crois le trouver, je recueille mon bien.
Soit douce vision, soit noble souvenance,
Je sens de ces vieux temps l'électrique influence ;

Je prétends les chanter quelquefois dans mes vers ;
Et prenant une part de l'antique univers,
La part à qui mon cœur avant tout s'intéresse,
Je prétends aujourd'hui ne chanter que la Grèce :
La Grèce, de tous temps mes plus chères amours,
Me cause un doux transport, et j'en rêve toujours.

Je les vois, ces cités que célébrait Homère !
Qui vivent dans ses chants ! Je vois Smyrne, sa mère !
Smyrne, où l'on montre encor la pierre où, quelquefois,
L'aveugle s'asséyait ; lui-même je le vois ;
Sur une lyre informe il s'essaie, il prélude :
Soudain un chant divin sort d'un moment d'étude !
Ici, je vois Thisbé d'où ne vient nul héros :
C'est le séjour aimé des colombes. Hélos,
Hélos, où de la mer se brise en vain la rage,
Hélos est là, bâtie au fond de ce rivage.
Arne étend ses côteaux de vignobles couverts.
Haliarte s'élève au sein d'herbages verts.
J'aperçois les beaux murs d'Hypothèbes. Tyrinthe
Repose au sein des tours dont elle s'est enceinte.
Nissa semble couchée à l'ombre des forêts.
Pyrrhase a consacré ses fertiles guérets.

Enfin je vois Pylos dans des sables stériles,
Larisse, Ithone encor, la Crète et les cent villes !

Que de temples bâtis par de savantes mains !
Que de tombeaux semés sur le bord des chemins !
Que de travaux hardis, élégants, gigantesques !

La Grèce abonde encor en sites pittoresques.
Les bois du Pélion, secoués par les vents,
Balancent avec bruit leurs ombrages mouvants :
Pendant que de Tempé les gazouillants bocages
Imitent des oiseaux les matineux ramages.
La grande mer d'Icare aux flots majestueux,
Soulève avec orgueil son sein tumultueux ;
Pendant que le Céphise, au travers de l'Attique,
Forme mille détours sur un sol élastique
Où croissent l'hyacinthe au calice pourpré,
L'iris au front d'azur et le safran doré ;
Où, se fermant le soir, le timide asphodèle,
Sous les regards du jour rouvre une fleur plus belle ;
Où le narcisse enfin, dans un air embaumé,
Fleurit, cher à Vénus, et des vierges aimé !

18

Athènes, où se plaît l'obscure violette,
Athènes voit le jour dorer le mont Hymette :
C'est là, c'est sur ce mont que l'on trouve en tout temps
Les fleurs qu'en d'autres lieux amène le printemps ;
Là, toujours le souchet se remplit de rosée ;
Là, le trèfle odorant ou la menthe frisée
Livre à l'abeille errante un calice éternel
Où l'insecte enivré puise le plus doux miel.

La Grèce a plus d'une île et plus d'un noir rivage
Qui séduisent les yeux par leur beauté sauvage.
Télémaque disait au blond roi Ménélas :
« Moi, quitter mon Ithaque ! ô roi, ne le crois pas !..
» Tu règnes sur les champs que l'Eurotas arrose :
» Le printemps règne aussi sur tes champs. Toute chose
» Que la terre produit, y fleurit : l'olivier
» Y croît près du froment, de l'orge et du lotier.
» Et le regard se perd dans tes immenses plaines.
» Les zéphirs de la mer, aux humides haleines,
» Sur tes trèfles fleuris accourent te chercher...
» Je n'ai que mon Ithaque, un nid sur un rocher.
» Nul cheval bondissant n'erre dans mes prairies.
» D'une herbe au suc amer mes chèvres sont nourries.

» J'ai par hasard un port où l'ombre des forêts

» Noircit au loin les flots, un antre obscur et frais,

» Abri délicieux des pâles Néréides;

» J'ai quelques oliviers rabougris et timides,

» Quelques troncs où l'abeille aime à cacher son miel,

» Et quelques rocs glissants que couronne le ciel.

» J'ai surtout dans mon île un mont nommé Nérite

» Où toujours le feuillage et murmure et s'agite.

» Je suis pauvre : et pourtant je ne donnerais pas

» Mes rochers pour tes champs, ma mer pour l'Eurotas ! »

Un sol environné d'horizons purs et vastes,

De beaux sites peuplés de merveilleux contrastes,

Un terroir fleurissant, un ciel en action,

Tout frappe en ce pays l'imagination.

Le langage des Grecs, miroir de la nature,

S'empreignit de couleur, s'accrut avec mesure.

La religion même, en s'adressant aux sens,

Couvrit ses dogmes faux de voiles séduisants;

Et l'univers devint un superbe théâtre

Où, pour les seuls plaisirs d'un mortel idolâtre,

Mille divinités, par de secrets ressorts,

Changeaient souvent d'acteurs, de scène et de décors.

Des habitants du Nil les sévères folies
Aux bords de l'Illissus parurent embellies ;
Et souvent sur la lyre un mot harmonieux,
D'un nouvel attribut enrichissait les dieux.

Déjà plus d'un poète, inhabile ou sublime,
A chanté les héros illustrés par le crime.
Phèdre a déjà gémi des vers délicieux,
Tout remplis des fureurs d'un amour odieux ;
OEdipe a déjà fui des fils qui sont ses frères ;
Ariadne a versé ses larmes solitaires ;
Oreste, en frémissant, a nourri son courroux ;
Andromaque captive a pleuré son époux ;
L'amante de Jason, l'incroyable Médée,
D'amour, de jalousie, et d'horreur possédée,
Sur ses deux jeunes fils a levé son poignard,
Sans qu'une larme monte humecter son regard.
Moi, je n'évoque point ces ombres criminelles :
Un rhapsode, un amant, un pasteur, et les belles,
Voilà mes seuls héros ; ou bien l'être innocent
Que soumet et torture un être plus puissant.
Je veux peindre des Grecs les pensers, les usages.
L'histoire est un écho de terribles orages :

Je veux chanter pour ceux que fatigue ce bruit,
Qu'un cri du cœur émeut, et qu'un soupir séduit.

Des crimes imposants on sait trop la légende ;
On fixe trop les yeux sur l'homme qui commande.
Suffit-il d'être roi pour être éternisé ?
Faut-il, pour être grand, avoir beaucoup osé ?
De l'immortalité la splendide couronne,
A l'homme qui s'assit bien ou mal sur un trône,
Reviendrait sans conteste ? et les autres mortels,
Leurs labeurs infinis, leurs tourments solennels,
Leurs mœurs et leurs pensers, se grouperaient à peine
Aux pieds injurieux d'une ombre souveraine ?
D'esclaves avilis fière postérité,
Chantons l'homme, le peuple : ils sont l'humanité.

Je laisse Périclès haranguer dans Athènes ;
Alcibiade aussi peut la couvrir de chaînes.
Lancerais-je aujourd'hui, contre ces morts fameux,
Les reproches piquants et des vers venimeux ?
A quoi bon ? ils aimaient les honneurs et la gloire :
Leur folle ambition appartient à l'histoire.

Si j'étais citoyen vivant sous Périclès,

Je devrais le combattre, et je le combattrais ;

Je ne crains plus ses fers, ses talents : je l'oublie.

J'aime mieux contempler la naïade jolie

Que la main de Zeuxis a fait sortir des eaux,

Et que je vois assise au sein de verts roseaux.

Pélerin au passé, j'entre donc dans la Grèce.

Tâchons de rassembler mes héros ; le temps presse ;

Il est d'autres pays que je veux visiter :

Le monde antique est vaste, et je dois me hâter.

Puis, quand j'aurai franchi ces ruines fécondes,

N'est-il pas près de moi, n'est-il pas d'autres mondes ?

Entre l'âge moderne et les temps anciens,

Il est encor des jours que l'on nomme *moyens*,

Et qui sont brillantés des couleurs les plus vives :

Peut-être, pour chanter ces époques naïves,

Peut-être reprendrai-je, avant qu'il soit demain,

Après ces faibles chants que ma timide main

Sur une lyre antique en s'essayant hasarde,

La viole du trouvère ou la harpe du barde ?

Septembre, 1844.

I.

LES CHANTS DE SAPHO,

ÉLÉGIES.

Spirat adhuc amor
Vivuntque commissi calores
Æoliæ fidibus puellæ.

HORATIUS.

(VIIᵉ SIÈCLE AVANT J.-C.)

1841.

I.

AUX MUSES.

O Muses, si jamais vous avez fait entendre

Sur l'accord de la lyre un chant mourant et tendre ;

Si vos hymnes jamais, par la plainte amollis,

Furent de sentiment et d'abandon remplis,

Muses, vous qui portez des robes odorantes !

Venez m'environner de vos voix murmurantes,

Au moment où la nuit s'étendra sur le ciel,

J'aspirerai mes vers sur vos lèvres de miel !

Eclos sous nos cheveux frémissants de génie,
Nés dans la paix du soir, bercés dans l'harmonie,
Nourris par ma pensée, abreuvés de mes pleurs,
Qu'ils seront doux nos chants d'amoureuses douleurs!

Mais que vous demandé-je, ô Muses, vierges pures!
O comment mêlerais-je, à vos chastes murmures,
Les cris passionnnés, les délirants accents
Jetés par le désordre et l'ardeur de mes sens!
La moins fière de vous, Muses, la moins austère,
Ignore de l'amour le dangereux mystère!
Comment m'aideriez-vous à chanter les tourments
Du plus impérieux de tous les sentiments
Dont vous n'avez jamais ressenti les atteintes!
Il faut, pour enfanter de pénétrantes plaintes,
Il faut avoir souffert, il faut avoir aimé :
Et votre cœur jamais n'y fut accoutumé!
Gardez les chants d'Homère et les chants bucoliques!
Laissez-moi célébrer, dans mes vers éoliques,
L'amour et ses plaisirs, l'amour et ses fureurs,
Ses rêves, ses combats, ses conseils, ses horreurs!
J'aurai, sans votre appui que mon respect refuse,
Ma lyre pour compagne et ma douleur pour muse!

II.

LE PREMIER SECRET D'UNE VIERGE A CYPRIS.

Sur ton autel orné de myrtes et de roses,
Sur ce marbre où je vois d'autres roses écloses,
D'autres myrtes fleuris sous un fécond ciseau,
Je dépose ces fleurs et ce petit oiseau,
Te priant, ô Cypris, au pied de ton image,
D'agréer mon premier, mon virginal hommage !
Déesse redoutée et chérie à la fois,
Mère de nos aïeux, la vierge que tu vois

Lever ses blanches mains vers ta tête charmante,

N'est point encore aimée, et n'est pas même amante!

Aucun jeune homme ardent ne s'attache à mes pas;

Nul ne m'a dit encor que j'ai de doux appas.

Mais ne me croyant point indigne d'être aimée,

Je ne viens pas vers toi, suppliante, alarmée,

Me plaindre amèrement d'être oubliée ainsi!

Je ne t'accuse point, Cypris! Je viens ici

T'apprendre de mon cœur la douce maladie.

Je souffre, et ne suis pas encore assez hardie

Pour le dire à ma mère; et je ne sais pourquoi

J'évite à mon lever ma mère avec effroi.

Je souffre, et je me plais dans les lieux solitaires.

Cette douleur cachée est pleine de mystères :

Mon cœur en est encor plus charmé que surpris.

Ce que j'aimais le plus, pour moi devient sans prix;

Et je pense toujours à des choses nouvelles.

Alors, je le croirais, ma pensée a des ailes;

Elle s'envole au loin; et bien loin d'où je suis,

Comme elle bien souvent moi-même je m'enfuis.

O déesse! où va donc sans cesse ma pensée?

Parfois près de quelqu'un je crois être placée;

J'entends à mon oreille une flatteuse voix

Qui vante doucement ces attraits que tu vois;

Qui me dit doucement que l'amour est la vie :

Cette voix, qui me rend inquiète ou ravie,

Est celle de quelqu'un que je n'ai vu qu'un soir.

Mais ce jeune homme est-il un dieu qui s'est fait voir ?

Dès que je pense à lui, je rougis, je soupire :

Un si jeune mortel aurait-il tant d'empire ?

Cette nuit, — O Cypris, rassure ma pudeur ! —

Je dormais : cette voix, dont j'aime la douceur,

Cette voix m'a parlé ; je souriais sans doute,

Car des lèvres de feu soudain ont pris la route

De mes lèvres de rose ; et ce brûlant baiser

Jusqu'au fond de mon sein est venu m'embraser.

Peut-être ai-je rendu cette ardente caresse !

Je ne puis exprimer quelle confuse ivresse

Agitait, transportait mes membres languissants,

Faisait battre mon cœur, et chatouillait mes sens !...

Daigne, ô daigne, ô Cypris, accepter mon hommage !

Ne dis pas qu'une vierge, au pied de ton image,

T'a confié ce mal que son cœur ingénu

Avant ces derniers jours n'avait jamais connu,

Qui brûle dans son sein, qu'elle ne pouvait taire,

Mais qu'elle n'osait pas raconter à sa mère !

III.

SUR LA VIRGINITÉ.

De ma virginité la fleur tendre et chérie
Vient d'être en un moment et pour jamais flétrie :
Tremblant repos du cœur, légers troubles des sens,
Désirs toujours sans but et toujours renaissants,
Charmante inquiétude, espérance ingénue
D'une volupté vague, indicible, inconnue,
Rêves inachevés et vœux irrésolus,
Salut! hélas vers moi vous ne reviendrez plus !

Compagne longtemps chère et longtemps défendue,
O toi que j'ai si tôt et si vite perdue,

Pour la dernière fois, salut! oublions-nous.

La vierge, en se livrant à son ardent époux,

Abandonne en un jour sa maison et sa mère,

De son fragile honneur la couronne éphémère,

Sa pudeur, le seul fard qui sied à la beauté,

Et la céleste fleur de sa virginité!

A partager ton lit, toi qui m'as conviée,

Toi qui reçus de moi cette fleur enviée,

Conserve, ô mon époux, l'éternel souvenir

D'un bien qu'on ne peut pas goûter et retenir!

Souviens-toi qu'il n'est point de femme, de déesse,

Qui puisse t'apporter de plus grande richesse!

Songe d'abord à tout ce que j'abandonnai;

Et songe ensuite à tout ce que je te donnai!

O! je ne pleure point un bien que je regrette!

D'une chaîne prévue, esclave satisfaite,

Oserais-je maudire un lien désiré

Que la terre et le ciel ensemble ont consacré?

Mais, fuyant sur les mers le sol qui l'a vu naitre,

Le nautonnier de loin cherche à le reconnaître;

Et de loin, s'il n'est point le plus grand des ingrats,

Après l'avoir perdu, lui tend encor les bras!

IV.

A UNE PRÊTRESSE DE CYPRIS.

Prêtresse de Cypris, chère Cymodocée,
Tu me suis! tu veux lire en mes yeux ma pensée!
Mon sourire souvent paraît t'inquiéter!
Que crains-tu, ton amie est-elle à redouter?
Va! je connais l'amour : il suit toutes les belles!...
Tu pâlis! trouves-tu ces paroles cruelles?
Le moindre mot te cause un saisissant effroi :
Prêtresse de Cypris, Cypris veille sur toi!
T'a-t-elle conseillé d'être sévère et sage?...
Mais quoi! l'étonnement se peint sur ton visage!

Tu trembles ! quelques pleurs ont mouillé tes beaux yeux !

Je vais baisser les miens ; ils sont malicieux :

Et même par pitié je cesse de sourire,

Car ton trouble m'effraie, et je vais tout te dire !...

Je l'ai vu !... Qu'as-tu donc ? je ne l'ai point nommé :

Mais ce frisson m'apprend combien il est aimé !...

Je l'ai vu, ce jeune homme à taille élancée !

J'ai vu tes beaux bras blancs, chère Cymodocée,

Le serrer sur ton sein ! j'ai vu ton front penché,

Comme un fruit à sa tige, à sa bouche attaché !

Je sais tout, et l'instant, et le lieu solitaire.

Je sais où votre hymen se fait avec mystère,

Sans danses et sans chœurs, sans témoins, sans parents,

Mais non sans doux discours, sans baisers murmurants !

Crois-tu que ta compagne avec dépit t'envie

Ces nuits qui depuis peu sont les jours de ta vie ?

Et les cris répétés d'un lit trop indiscret ?

Non : mon sourire est né de ce penser secret.

Ton chaste ministère, ô prêtresse sacrée,

Est honoré de tous ; toi-même es vénérée :

Vierge durant le jour, femme pendant la nuit,

O quel prodige en toi ta déesse a produit !

19

V.

L'ORACLE.

De l'élégant pavot la corolle pourprée
Sous mes doigts frémissants tantôt fut déchirée,
Et mon oreille avide écouta quatre fois
Le son de chaque feuille éclatant sous mes doigts :
L'oracle de ce son quatre fois fut le même ;
Quatre fois il m'a dit : — Sois satisfaite, il t'aime ! —
Oracle des amants, pourquoi donc les mortels
Ne t'ont-ils pas encore élevé des autels ?
Lorsque dans le sommeil ton suc puissant nous plonge,
Nous reposons bercés par la voix d'un doux songe :
Et tout ce qu'il nous dit d'heureux dans le sommeil,
Ta fleur nous le répète encor mieux au réveil !

VI.

LA JUSTIFICATION.

Pourquoi me répéter sans cesse que je l'aime ?
J'interroge les dieux, et l'amour, et moi-même :
Tout unanimement me dit que je le hais !
De le revoir ici, si j'ai fait les souhaits,
C'était pour mieux encor l'accabler de ma haine !
Oui, de dédain pour lui mon âme est toute pleine !
Je rougis, il est vrai, sitôt que je le vois;
Il est vrai, son aspect, le bruit seul de sa voix,
D'un long tréssaillement agitent tout mon être :
Mais de ce mouvement, j'ai su le reconnaître,
La colère est l'auteur, l'impérissable auteur !
Moi, l'aimer !... Qu'a-t-il donc, ce mortel séducteur,

Qui puisse en tout pays assurer sa conquête ?...

Souvent couvert de pourpre, et des fleurs sur la tête,

Il passe à mes côtés, sans parler, sans me voir ;

On sent qu'il a de plaire et l'envie et l'espoir,

Qu'il s'en va se livrer à l'étreinte profane

D'une épouse adultère ou d'une courtisane ;

Il porte sur son front le triomphant orgueil,

Et l'ardente débauche éclate dans son œil.

Dans un art infamant son immorale étude,

Affecte du plaisir la molle lassitude...

Et je pourrais l'aimer ! je pourrais m'avilir

Au point que d'un regard j'osasse l'anoblir !

Qu'importe que ses traits brillent de quelques charmes ?...

Quand il est loin de moi, si je répands des larmes,

Ce n'est point mon dépit qui pleure ; c'est encor

Ma rage qui se change en douleur, et qui sort !

J'ai peine à supporter ma vengeance imparfaite :

Mais le temps et les dieux la rendront plus complète.

Désormais mon orgueil surpassera le sien ;

Je veux fuir sa présence et fuir son entretien ;

Je veux le fatiguer de ce mépris terrible,

Jusqu'à ce que son cœur y devienne sensible ;

Jusqu'à ce qu'il en souffre, et qu'il vienne à mes pieds

Courber son corps, son front, son cœur humiliés ;

Jusqu'à ce qu'il me mette au rang des immortelles,

Jusqu'à ce qu'il me compte au nombre des plus belles !

Ivre de voir alors son orgueil obéir,

Je pourrai, par pitié, cesser de le haïr !

Je pourrai l'écouter et lui répondre encore !

Et même supporter qu'il me cherche et m'adore !

VII.

LA JALOUSIE.

Ni le sombre Alastor, ni la noire Erynnis,
Ni la terrible Até, ni les dieux réunis
Qui président aux lieux privés de la lumière
Que les chevaux du jour sèment dans leur carrière,
Ni les trois déités dont nul ne dit le nom,
N'auraient pu tourmenter à ce point ma raison !
A la rage, à l'effroi, je vis, je reste en proie !
Je ris, mais malgré moi, mais sans aucune joie !
Je sens aussi des pleurs sous ma paupière errer :
Ce sont des pleurs de feu que je ne puis pleurer !
Je rougis, je pâlis, je m'emporte, je tremble :
J'ai, dans le même instant, tous les tourments ensemble !..

Pourtant je ne suis point, pour l'homme épouvanté,
Un exemple vivant de la fatalité !
Je n'ai point, comme Oreste, amassé sur ma tête
De tous les dieux vengeurs l'effrayante tempête !
Je n'ai point, comme Œdipe, aux autels consacré
Un hymen de la terre et du ciel abhorré !
Mon nom n'ornera point de tragiques histoires !
Mais, souffrance indicible ! un songe aux ailes noires,
Cette nuit, a plané sur mon front endormi :
Du repos de ma vie, invisible ennemi,
Aux yeux intérieurs qui jamais ne se closent,
Même quand tous les sens dans le sommeil reposent,
Il m'a montré les traits du jeune homme au beau front
Que j'admire, que j'aime !... O trop sensible affront !
Juste motif d'horreur, de douleur et de trouble !
Cette ombre, en s'éloignant, me parut, devint double ;
Et j'ai vu devant moi des regards échangés
Entre quatre beaux yeux de volupté chargés !
Une autre femme osait lui parler, lui sourire !...
Est-ce une image vaine ? un maladif délire ?
Les songes seraient-ils toujours remplis d'erreurs ?
De la réalité sont-ils avant-coureurs ?...
O vautour de la haine et de la jalousie,
Ton bec impitoyable en moi se rassasie !

Tu plonges dans mon sein pour y paître à loisir !...
Courant rapidement de désir en désir,
Incertaine en mes vœux, d'une image frappée,
De haine ou de pardon je demeure occupée ;
Je voudrais oublier, et me souviens toujours ;
Mes pensers vers ce rêve ont tous un même cours !
Quels instants j'ai passés ! quelle veille pénible !
Mais puis-je m'endormir ?... Dans un sommeil horrible,
Je crains de retrouver un songe encor pareil :
Je crains également la veille et le sommeil !

VIII.

A PHAON.

Les Muses ont des chants aussi doux à l'oreille
Que le paraît au goût le nectar de l'abeille :
Mais qui peut égaler, ô jeune et beau Phaon,
Hors celle de tes traits, la douceur de ton nom ?
Cent fois plus doux encor serait ce nom que j'aime,
Si je pouvais ici te le dire à toi-même !
Car, ô jeune Phaon, sitôt que je te vois,
Avides de baisers, mes lèvres sont sans voix ;
Se tendant de désir, frissonnant d'allégresse,
De loin ma main te touche et mon bras te caresse ;

Et mes yeux, fatigués de la clarté du jour,
Entrouverts sur les tiens, pleurent déjà d'amour !

Mais tu me fuis, ingrat ! hélas ! tu me méprises !
De mon amour pour toi mes compagnes surprises,
Lisent sur la pâleur attachée à mon front,
Le long ressentiment d'un si cruel affront !...
En vain je me dépeints ta fière indifférence,
Ton image en mon cœur rit comme l'espérance !
De ce cœur insensé je voudrais te bannir,
Et mon unique joie est dans ton souvenir !
Mon âme, ton esclave, en secouant ses chaînes,
Comme au souffle des vents le feuillage des chênes,
Comme les flots des mers, s'agite constamment :
Mais elle se complaît à subir ce tourment !
Moi-même je nourris le feu qui me dévore !
Reviens, jeune Phaon, reviens vers qui t'adore !
Que je puisse en tes bras, que je verrai s'ouvrir,
M'élancer, m'appuyer, te sourire, et mourir !...

Je le sais, ô Phaon ! je sais qu'une autre femme
A séduit ton regard et m'a ravi ton âme !

Toi si noble et si beau, comment peux-tu l'aimer ?
Par quel philtre inconnu t'a-t-elle su charmer ?
La jalousie un jour me conduisit près d'elle :
De grâce et de beauté ce n'est point un modèle ;
Nulle flamme en ses yeux ; et son riche manteau,
Loin d'être un ornement, est pour elle un fardeau.
O Phaon ! ô crois-moi, toi-même tu t'abuses,
En dédaignant Sapho placée au rang des Muses !
Elle peut l'avouer : Lesbos aime ses vers ;
Sa voix avec sa lyre enfante des concerts
Qui semblent les échos des chants des Aonides ;
Séduits par ses accords, les mortels sont avides
De subir, ô Phaon, son harmonique loi :
Car Apollon pour elle est moins cruel que toi !...

Redoutable Cypris, mon sein qui te respire,
Et qui t'exhale aussi, se soulève et soupire !
Toi qui devrais régner au fond des noirs Enfers,
As-tu des maux encor que mon cœur n'ait soufferts ?
Je ne puis mesurer la honte où tu me plonges,
Et je n'oserais pas te raconter mes songes !
Mais cessant, ô Cypris, cessant de t'outrager,
Je cours à tes autels, si tu veux me venger !

Que Phaon, comme moi, devienne ta victime !
Mets dans son cœur d'airain la rage qui m'anime !
Rends-moi fière, orgueilleuse, insensible à mon tour !
Change l'amour en haine, et la haine en amour !...

O dieux ! s'il ne goûtait qu'une erreur passagère !
Je veux le croire encore ; et, devenant légère,
Abandonnant la lyre et l'immortalité,
Je veux cultiver l'art d'accroître la beauté.
Les Grâces m'ont appris qu'une robe flottante,
Sous les vastes replis de sa pourpre éclatante,
Peut trahir nos appas, et que de beaux cheveux
Sont plus beaux, lorsqu'ils sont ornés de fleurs. Je veux,
Hâtant, par mille efforts, la fin de mes disgrâces,
Sœur des Muses, bientôt devenir sœur des Grâces !
Phaon dira, lui-même, en me suivant des yeux :
Ses traits, comme ses chants, sont doux, harmonieux !.....

Mais où laissé-je ainsi s'égarer ma pensée ?
Je n'achèverais pas ma gloire commencée !
Lyre, que je trouvais plaintive sous mes doigts,
Même quand le dépit vibrait avec ma voix,

Je te délaisserais, ô consolante lyre !...
O non ! chante avec moi ma peine et mon délire !
Vengeons-nous de Phaon et de sa cruauté,
En lui faisant présent de l'immortalité !
Je t'oublierais plutôt, si j'étais plus aimée !
Les dieux, dans leur justice égale, accoutumée,
Aux mortels indigents offrent des biens divers :
Phaon fuit mon amour, Lesbos aime mes vers !

IX.

SUR L'INCONSTANCE.

« Non, mon amour n'est point un sentiment léger

« Qui sur les fleurs se joue, avide de changer ;

« Qui se repaît d'espoir, qui sourit d'un sourire,

« Et qui d'un mot ému s'enivre avec délire :

« Mon amour est semblable à l'éther nuageux

« Qui récèle la foudre en son sein orageux !

« Je t'aime avec fureur ; je t'aime mieux encore

« Que la fleur et l'oiseau ne chérissent l'aurore !

« Dès que je t'aperçois, avec empressement

« Je vole à ta rencontre ! ainsi court ardemment

« Le voyageur brûlé par un soleil d'orage,

« Vers le hêtre touffu qui lui tend son ombrage! » —

Il dit. Moi, trop crédule, à son cou j'attachai

Mes deux bras; près de moi je le retins caché ;

Je penchai lentement son beau front vers ma couche;

Et je collai longtemps sa bouche sur ma bouche!

Et l'ingrat m'a quittée!... Après avoir goûté

Tout l'entier abandon de ma crédulité,

Il s'éloigna, gonflé de l'orgueil de son crime :

Il ne revint jamais consoler sa victime!

Pourquoi changer ainsi? comment peut-on changer?

L'habitude est si douce à nos cœurs! Le berger,

Sous son chaume natal, rit des palais de marbre;

Et l'oiseau n'a qu'un nid placé sur un seul arbre!

X.

IMPRÉCATION.

Vous en fûtes témoins, ô nuit sombre et sacrée,
Vous, murs silencieux, et toi, lampe adorée !
Vous avez entendu ses serments solennels,
Ces serments que l'ingrat me disait éternels !
Lorsque tu dessinais son ombre sur ma couche,
O lampe, il a posé sa bouche sur ma bouche !
Nous nous sommes juré de nous aimer toujours !
Et tu n'as devant toi chassé que quelques jours,
O nuit, qu'il a déjà brisé notre alliance,
Oublié mes baisers, trahi ma confiance !

Vous que j'atteste ici, qui l'avez entendu,
Vous secondez encor l'ingrat que j'ai perdu !
Cesse donc, cesse, ô nuit, de guider ce perfide
Près de quelque beauté que le jour intimide !
Murs, tombez ! et toi, lampe, ô cesse d'éclairer
Le sein qu'après le mien son œil ose admirer !

XI.

DÉSESPOIR.

Tout l'aspect de ces lieux à mes yeux est changé :
Ce sol, jadis actif, semble découragé ;
L'horizon est couvert d'une vapeur obscure ;
Les flots et les rameaux s'agitent sans murmure ;
L'abeille a déserté ; les plus brillantes fleurs,
En perdant leurs parfums, dépouillent leurs couleurs ;
Le ciel même est moins pur ; l'air pèse davantage…
Pourquoi conservez-vous un reste de courage,

Habitants de ces lieux où va régner la mort?
Ne sommes-nous pas tous soumis au même sort?
Sans cesse je vous vois errer, passer, sourire!
Tandis qu'abandonnée aux ennuis, je soupire;
Que j'ai peine à trouver, en mon sang ralenti,
La force de redire : hélas ! il est parti !

XII.

A ALCÉE.

Alcée un jour me dit avec la voix des Muses :
— Que ne puis-je embellir l'amour que tu refuses !
Que ne puis-je emprunter, acheter, obtenir
La voix du rossignol, le don de rajeunir !
Que ne puis-je, ô Sapho ! de la corde sonore,
Du sein de ma cithare, ou de mon cœur encore,
Exhaler tous les chants qu'amour sut y cacher,
Et qu'Apollon lui seul pourrait en arracher !

Alors à mes accords ton oreille attentive,
En mes bras caressants t'amènerait captive !
Et ta bouche moins fière alors aspirerait
Le souffle harmonieux qui te célèbrerait ! —
Et je lui répondis : — Aonidien Alcée !
Ta voix par l'harmonie est doucement bercée !
L'aëdon, dont ta bouche ose envier la voix,
Vaincu par tes accents, s'enfuirait dans ses bois ;
Et le ruisseau, surpris de leur douceur divine,
Cesserait de couler où son penchant l'incline !
Puis-je être indifférente à des chants si parfaits ?...
Hélas !... l'aveugle amour, aveugles nous a faits :
Le cœur ne choisit pas, il s'empare, il se livre !
En vain de tes accords tout mon être s'enivre ;
En vain, fixés sur toi, vieillard harmonieux,
Mes regards sont mouillés de pleurs délicieux :
Je ne sens point pour toi l'amour que je t'inspire ;
Et ce n'est point pour toi que ma bouche soupire !...
Songe enfin, ô vieillard, que c'est dans tes accents
Que reste un peu du feu qui brûle encor mes sens !

II.

LES CHANTS D'ALCÉE,

ÉLÉGIES.

Alceo conobbi a dir d'amor si scorto.
PETRARCA.

(VIIe siècle avant J.-C.)

1841.

I.

LE CHEVEU DE DORIS.

Doris prit sur son front un de ses cheveux d'or ;
Elle en lia mes mains. Je me souviens encor
Que je me mis à rire, en me voyant l'esclave
D'un cheveu de Doris, d'une aussi faible entrave.
J'étais sûr de briser à mon gré ce lien.
Mais quel égarement, hélas ! était le mien !
Après de longs efforts, après des larmes vaines,
J'ai senti sur mes mains la plus dure des chaînes.
Malheureux ! ce cheveu, qui causait mon mépris,
Me suspend chaque jour sur les pas de Doris !
Et Doris, qui connaît cette chaîne éternelle,
Fuit sans tourner vers moi sa tête fière et belle !

II.

A UNE DEVINERESSE.

Je ris de ton pouvoir, pâle devineresse !

Le vulgaire ignorant que ton art intéresse,

Te voit avec respect, t'écoute avec effroi,

Et, muet de terreur, s'incline devant toi !

Tu lui vends à grand prix la peur et le prestige !

A ton ordre, dit-on, l'ombre d'un mort voltige ;

L'immobile destin pour toi change ses lois ;

Et le tombeau muet prend une horrible voix !

Lorsque tu vas pieds nus, ta fureur vagabonde

Peut arrêter le cours des choses de ce monde ;

La lune, à tes accents, voile son chaste front ;

L'onde suspend sa course, et le serpent se rompt :

Tu connais, aussi bien que l'antique Agamède,
Les poisons de la terre, et tu sais leur remède :
Tu composes enfin ces philtres dangereux
Qui rendent le vieillard de la vierge amoureux,
Qui peuvent ramener un amant infidèle,
Et l'arracher intact d'une couche nouvelle !
Tes imprécations, comme un glaive acéré,
Sont mères de la mort : mais le flanc déchiré,
Dès que ta bouche exhale un chant qui nous effraie,
Se referme, et le sang se sèche sur la plaie.
Oui, tel est ton pouvoir, s'il est tel qu'on le dit !
Mais m'as-tu devant toi vu jamais interdit ?
M'as-tu vu tressaillir, lorsque ta voix grondante
Adressait à la nuit une prière ardente ?...
Ma Doris ne sait pas les secrets de ton art ;
Son langage, en douceur, égale son regard ;
On sent qu'elle n'a pas de puissance mortelle :
Et pourtant j'ai pâli, j'ai tremblé devant elle !

III.

AU FLEUVE ALPHÉE.

Divin Alphée ! ô toi dont les ondes constantes
Roulent au fond des mers vers des ondes absentes,
Et passent de l'Elide aux bords Siciliens,
O puissent mes destins être pareils aux tiens !
Toi qui dans l'océan voyages avec calme,
Sur tes flots amoureux je jette cette palme,
Te priant, divin Fleuve, et d'écouter ma voix,
Et de porter aux dieux les vœux que tu reçois !
Au sein des flots amers pur de tout amertume,
Tranquille même encor lorsque la vague écume,

Tu vas vers Ortygie et son rivage ombreux ;

Et là, tes flots émus, voluptueux, heureux,

Se mêlant, pour jamais, dans une onde adorée,

Baisent en soupirant la fille de Nérée !

Puissé-je, ainsi que toi, bientôt me réunir

A celle à qui toujours s'unit mon souvenir !

Toi, nymphe aux pieds d'argent, blanche et belle Aréthuse,

Dont le sein réfléchit les tours de Syracuse,

Toi qui vas recevoir dans ce limpide sein

Un rameau que je livre, avec un doux dessein,

A ces flots entraînés par l'amour vers ton onde ;

Ecoute aussi mes vœux ! écoute, et me seconde !

IV.

DOUTE.

« Jamais, me dit Doris, avec un air farouche,
» Jamais homme vivant ne baisera ma bouche !
» Et je maudis celui qu'un songe flattera
» D'un bonheur qu'éveillé jamais il n'obtiendra !
Elle dit. J'observais son maintien, son visage.
Malgré la dureté de cet altier langage,
Je ne me sentis point transporté de courroux :
Sa brusquerie avait quelque chose de doux.
« Que les dieux, m'écriai-je, ô vierge jeune et belle,
» Ne te punissent point de ta fierté cruelle !
» Artémis est pour toi : crains Cypris et l'amour ! »
Mais Doris me fuyait ; et je vis tour-à-tour

Son front, son corps, ses pieds, son ombre disparaître
Dans l'ombre du portique où les dieux l'ont fait naître !
« Prends garde à toi, Doris, repris-je avec douceur ;
» On m'a dit que tu vas au bain avec ma sœur :
» Et depuis quelques jours, ma sœur tendre et chérie,
» Ne peut plus m'aborder sans qu'elle me sourie.
» Prends garde à toi ma sœur, pour causer, a du goût ;
» Et les jeunes beautés au bain se disent tout ! »

V.

ELLE M'AIME.

Elle m'aime ! j'en ai pour garant sa langueur !
J'occupe sa pensée et je suis dans son cœur !
Sa démarche inconstante et son regard humide,
Tour-à-tour sombre, ardent, pénétrant ou timide,
Son sourire, sa voix, son maintien, sa pâleur,
Me racontent tout haut sa secrète douleur !
Elle m'aime ! et je ris, et je cache ma joie.
Des fils de l'araignée environnant ma proie,
Sûr de la posséder, je suis calme et j'attends ;
Je veux que son orgueil succombe ; et je prétends
Que, me cherchant, m'ouvrant ses deux bras d'elle-même,
Elle tremble, et rougisse, et me dise : je t'aime !

VI.

IVRESSE.

Elle a les pieds légers de la reine des ondes ;
D'Artémis au front chaste, elle a les tresses blondes ;
Elle a le noble port des nymphes des forêts ;
De la belle Aphrodite, elle a tous les attraits ;
Je sens, à son aspect, un trait brûlant de flamme
Pénétrer, réchauffer, et réjouir mon âme ;
Je bois avidement l'ivresse dans ses yeux ;
Je tressaille à sa voix aux sons délicieux ;
Un seul de ses baisers me ravit à la terre !
Laissez tomber, amis, cette ombre et ce mystère
Qui couvrent lentement chaque chose en son lieu :
C'est la nuit qui de moi bientôt va faire un dieu !

21

VII.

LE FONTAINIER.

J'ai vu le fontainier, le hoyau dans la main,
Ouvrir à l'eau des prés un facile chemin ;
J'ai vu, le même jour, j'ai vu l'onde rapide
S'agiter avec joie et devancer son guide.
Quand à la jeune Ino, prenant un ton d'époux,
Je révèlai tout bas l'enchantement si doux
Dont se remplit le cœur dès le moment qu'il aime ;
Ino, se revêtant d'une surprise extrême,
Voulut me dérober son air intelligent.
Mais bientôt avec moi d'habitudes changeant,

Elle sut m'enseigner l'espérance et la crainte,
L'orgueil et le dépit, l'allégresse et la plainte ;
Et je me dis alors qu'une vierge, en un jour,
M'avait laissé bien loin sur mon chemin d'amour !

VIII.

SUR L'ESPÉRANCE.

Comme l'éclat des flots que Phœbus vient dorer,
La vie est une erreur : vivre, c'est espérer !
Mais cette erreur souvent est une jouissance.

Naïa m'apprit un jour le prix de l'espérance.
Las d'égarer en vain mes désirs et mes pleurs,
Au seuil de sa maison j'allai semer des fleurs,
Le myrte et l'anémone, et m'y jetai moi-même,
En disant : — O Naïa ! belle Naïa, je t'aime ! —
Elle entendit ma voix ; je la vis accourir.
— Jeune homme, me dit-elle, il ne faut point mourir :

Ma bouche a des baisers pour celle qui l'implore.

Vois aux portes du ciel le char brillant d'Aurore :

Eloigne-toi !... Bientôt, sur le sombre univers,

Phœbé viendra régner : mes bras seront ouverts ! —

Je repris : — Mais ce jour d'attente et de souffrance,

Quel dieu peut l'abréger ? — Elle dit : — L'espérance. —

Puis sur mes cheveux noirs posant sa blanche main :

— C'est le bien le plus doux : tu le sauras demain ! —

IX.

POLYMÈLE.

La mer a moins de flots, la nuit a moins d'étoiles,
Obscure déité, l'Erèbe a moins de voiles,
Moins de sables encore ont les lits des ruisseaux,
Le vaste sein des airs renferme moins d'oiseaux,
Moins de fleurs au printemps ont les vertes prairies,
Les Muses même ont moins de paroles fleuries,
Que mon cœur n'a d'ennuis, depuis le jour heureux
Où j'ai vu Polymèle, au maintien langoureux,
Au cou d'albâtre, au front d'ivoire, aux yeux d'ébène !
O dieux ! un Ménélas possède cette Hélène !...
Je destine un bélier à Cypris, car Cypris
Peut d'un second amant faire un second Pâris !

X.

A UN PAPILLON.

Bel enfant des beaux jours, volage amant des fleurs,
Sautillant papillon au brillantes couleurs,
Sur ton vol sinueux, sur tes joyeux caprices,
Ma vue en ce moment s'arrête avec délices!
Mais pourquoi te poser sur ces pliants roseaux?
Pourquoi te penches-tu vers le miroir des eaux?
Jouet d'un peu de vent, bercé sur l'onde pure,
Veux-tu donc admirer ta grâce et ta parure?
J'ai vu Cyllène aussi sourire de se voir
Plus belle encor que toi dans ce même miroir!...
Cyllène a dans son cœur un océan de ruse :
Un peuple entier d'amants l'assiége; elle l'amuse;

Moi-même ai vu la vierge, au cœur malicieux,

Me chasser de la main et m'attirer des yeux!...

Amant léger des fleurs, ta course voltigeante

Ne se fixe jamais : Cyllène, aussi changeante,

De son étourderie a de nombreux témoins;

Tu vis sans y songer : elle pense encor moins...

O! je veux devenir, en t'imitant comme elle,

Le plus fier de nous trois et le plus infidèle!

Je veux, pour mon repos, et puis pour me venger,

Comme toi, sous ses yeux, toujours, toujours changer!

XI.

A CLÉONE.

Cléone, hier encor tu semblais plus légère
Que la biche au pied fin, que l'ombre passagère
Qui, glissant au soleil sur l'ondoyant gazon,
Comme un trait décoché s'envole à l'horizon !
Tes attraits, ton maintien, ton regard, ton sourire,
Etaient tout différents de ceux qu'ici j'admire !

Ton petit pied d'albâtre, en marchant, s'imprimait
Bien moins sur ton chemin que dans l'œil qu'il charmait ;

Les plis harmonieux de ta tunique blanche
Trahissaient l'épaisseur des grâces de ta hanche ;
Ton buste, arc élégant, tes bras voluptueux
Que le jour éclairait de reflets sinueux,
Promettaient aux amants la plus charmante étreinte ;
Ta blanche main portait au bout des doigts l'empreinte
Des roses que tu vas cueillant sur ton chemin,
Car souvent je t'ai vue une rose à la main !
Tu possédais, Cléone, une épaule d'ivoire
Que rehaussait encor ta chevelure noire,
Roulée en longs anneaux odorants et nombreux ;
Ton front resplendissait de tes pensers heureux ;
Ton regard jaillissait ; et, pleine de malices,
Tes lèvres s'entr'ouvraient au rire avec délices !

Telle étais-tu, Cléone ! une nuit a passé,
Et de tous tes attraits l'éclat est effacé !
Belle, divine encor, plus touchante peut-être,
Je t'admire toujours, mais sans te reconnaître !
Ton corps semble affaibli, ton esprit confondu ;
Ton front cherche ta main ; et ta bouche a perdu
Cet ovale si pur quand le rire s'y joue !
Je me demande où sont les roses de ta joue ?

Comment une nuit seule a flétri tant de fleurs?

Pourquoi tes deux grands yeux sont nuagés de pleurs?

Pourquoi ta voix sonore est voilée et tremblante?

Pourquoi ton front moins fier? ta démarche plus lente?

Tu sembles éprouver un vague étonnement :

Est-ce quelque désir? est-ce un secret tourment?...

Mais que te demandé-je? ai-je besoin d'apprendre

Tout ce qu'un seul regard m'a déjà fait comprendre?

La timide langueur qui ralentit tes pas,

Ne m'a-t-elle pas dit ce que tu ne dis pas?

N'ai-je pas aperçu ta langue taciturne,

Active au souvenir d'une ivresse nocturne,

Sur le bord de ta lèvre un instant se poser,

Pour y chercher encor la saveur d'un baiser?

J'en atteste ton trouble, ô muette Cléone !

La plus belle des fleurs qui formaient ta couronne,

A penché cette nuit son calice flétri :

En la voyant périr, tu fis entendre un cri !

Tes yeux, qui voudraient fuir le jour qui les caresse,

Ont jeté cette nuit des éclairs de tendresse !

Et ton bras, qui sur toi retombe à tout moment,

A cette nuit porté le poids d'un jeune amant !

XII.

LAMENTATION SUR LA MORT DE THAIS.

Elle a vécu, Thaïs! ils ne sont plus, ses charmes!
Je pleure, je gémis : larmes dignes de larmes!
L'insensible Achéron seul ne m'écoute pas :
Pour lui les plus doux chants, les chœurs sont sans appas!
Sur les rivages noirs, Thaïs vient de descendre!
J'ai vu de son beau corps l'honneur réduit en cendre!
Ses compagnes, faisant de trop stériles vœux,
Sur sa tombe, en pleurant, ont coupé leurs cheveux!

Moi-même, j'ai versé du miel, des lys, des larmes !
Elle a vécu, Thaïs ! ils ne sont plus, ses charmes !

Toi qui toi-même étais comme un lys éclatant,
Toi qui parfumerais ma vie en cet instant,
Où donc es-tu, Thaïs ! sur quelle horrible rive
Erres-tu donc sans moi, sans que ma voix t'arrive ?
Nous te demandons tous : tu ne nous réponds pas !
J'écoute à tout moment si j'entendrai tes pas !
Et ta mère chérie a de sa voix tremblante
Accusé déjà l'heure, heure qui sera lente !...
O gémissante mère, ils ne reviendront plus,
Ces jours pour nous si doux et si tôt révolus !
Ces jours où sous tes yeux, dans ta chaste demeure,
La vierge que ton œil demande et que je pleure,
Célébrant dans ses jeux un innocent hymen,
A quelque époux fictif offrait sa tendre main !
Moi, trop peu sage amant, et toi, mère orgueilleuse,
Nous pleurions de bonheur à la voir si joyeuse !
Ils ne reviendront plus, ces jours pour nous si doux !
Et Thaïs vainement appelait un époux !

Hélas ! elle a dit vrai, la vieille hydromantienne !
Sur le vase fatal, — Thaïs, qu'il t'en souvienne ! —

Suspendant un anneau, murmurant quelques mots,
Elle nous a prédit un océan de maux !
Et je pleure aujourd'hui : larmes dignes de larmes !
Elle a vécu, Thaïs ! ils ne sont plus, ses charmes !

III.

POÈMES HISTORIQUES.

CYDNO.

Où me cacher ? fuyons dans la nuit infernale.

RACINE.

(FIN DU IIIe SIÈCLE AVANT J. C.)

1842.

CYDNO.

POÊME ÉROTICO-DIDACTIQUE.

Dans les murs sinueux de l'élégante Athènes,
— Cité dont on écoute encor les voix lointaines —,
Laissant l'Académie aux Platoniciens,
Et les bruits du Portique aux durs Stoïciens,
Las des grandes erreurs, l'attrayant Épicure
Etablit son école, humble d'abord, obscure,

22

Sous l'ombrage odorant d'un vaste et frais verger,
Non loin de l'Illissus roulant son flot léger
Entre les oliviers, les figuiers, les platanes.
C'était aux jours fameux où des hommes profanes,
Arrachant la victime et renversant l'autel,
Niaient la déité de plus d'un immortel :
Où le peuple, perfide, inconstant comme l'onde,
Dans sa vieille cité cherchant un nouveau monde,
Armait, contre ses lois et ses dieux protecteurs,
Le ris d'Aristophane et ses vers destructeurs.
Plus d'un Alcibiade et plus d'une Aspasie,
Dans l'Attique, enseignaient le luxe de l'Asie,
Et cet art meurtrier qui raffine les mets,
Et ces discours polis qui ne parlent jamais.

Épicure, entouré d'une foule attentive,
Errait souvent au bord d'une onde fugitive :
Sa parole éloquente au bruit des flots coulant,
Son geste harmonieux, son front étincelant,
A son système doux subjuguaient bien des âmes ;
De nobles jeunes gens, des vieillards, quelques femmes,
Tous riches de vertus, de gloire ou de beauté,
Le suivaient, rassemblés au mot de volupté ;

Disciples assidus, ils ne trouvaient peut-être
Le plaisir qu'ils cherchaient, qu'en écoutant le maître.

« Le bonheur, disait-il, est dans le cœur humain,
» Ainsi que cette fleur qui brille dans ma main,
» Ainsi que vous voyez cette tendre rosée
» Dans cette même fleur par le jour déposée !
» Cherchons par quel moyen nous le pourrons sentir.
» La mort, qui vient frapper l'homme sans l'avertir,
» Nous invite à saisir l'instant de cette étude :
» Faisons-le sans retard, mais sans inquiétude ;
» Car la mort, après tout, est moins un mal qu'un bien ;
» Et pour l'heurenx mortel qui n'est plus, ce n'est rien. »

« Les sens et la vertu sont deux sources fécondes
» D'ardentes voluptés et d'ivresses profondes :
» Les sens nous font goûter l'arôme exquis des fruits,
» L'éclat de la lumière et la fraîcheur des nuits ;
» La vertu nous inspire un dédain salutaire
» Pour les choses sans prix qu'estime le vulgaire.
» Choisissons ! ou plutôt essayons de mêler
» Ces sources dans le lit où leur eau doit couler »

« Sans la vertu, les sens sont des coursiers sans guide.

» Comme ils n'ont point de but, que sert leur pas rapide ?

» Ils s'abattent souvent avant d'être arrivés :

» Un frein les eût conduits, un frein les eût sauvés.

» La vertu, sans les sens, c'est ce chantre en délire

» Qui tend, et tend toujours les cordes de la lyre,

» Sans mesurer leur son sur celui de sa voix,

» Et qui les voit enfin se rompre sous ses doigts !

» Suivons sans repentir l'instinct de la nature,

» Et fuyons sans regret la fantaisie impure ! »

« Anacréon disait à son Amarillis :

» De ces brillants tissus revêts ton corps de lys !

» Que sur tes blancs appas ta blanche main ramène

» Le voile parfumé de tes cheveux d'ébène !

» Ma bouche a trop goûté le miel de ton amour :

» L'ombre du soir séduit après l'éclat du jour ;

» Et du miel le plus doux l'habitude dégoûte :

» L'amour, comme ce vin que je bois goutte à goutte,

» A longs traits savouré, noie enfin le désir :

» Mais en suçant la coupe on meure de plaisir ! »

Ainsi parlait le maître ; et la foule séduite,

Pensive, s'attachait en silence à sa suite.

Les yeux, en parcourant ces disciples nombreux,

Ces visages ouverts, intelligents, heureux,

Auraient pu remarquer un front rêveur et sombre,

Mais doux sous sa tristesse, et brillant sous son ombre :

C'était le front penché de l'esclave Hélion.

Doué d'une âme noble et plein de passion,

Jeune encor, couronné d'une beauté divine,

La main dans son manteau roulé sur sa poitrine,

Hélion s'avançait comme un jeune immortel

Que le courroux des dieux aurait chassé du ciel.

Déjà venait l'instant où la nuit, qui s'avance,

Semble toucher de près au soir qui la devance ;

Et les Athéniens, sur l'occident vermeil,

Cherchaient à son coucher vainement le soleil.

Epicure se tait, se retire ; et la foule

A pas précipités sous les arbres s'écoule.

Hélion, à son tour, prend un sombre chemin :

Mais il sent une main saisir, presser sa main ;

Il regarde :... une femme aussi jeune, aussi belle
Qu'Aphrodite naissant sous le pinceau d'Apelle,
Est devant lui, sourit de son subit effroi ;
Puis, l'attirant vers elle, elle lui dit : — Suis-moi ! —

Légère, elle s'éloigne ; il la suit d'un pas grave.
— O ! s'il était des dieux, pensait le jeune esclave,
Je croirais que Cypris, ou que la belle Hébé,
A pitié des tourments où mon cœur est tombé,
Et vient m'apprendre enfin le crime que j'expie !
Mais.... Puis les dieux ont-ils pitié d'un homme impie ? —

Ils marchaient. Cependant la colline d'Arès
Disparut dans la nuit ; l'Illissus fuit après.
Ils entrèrent bientôt au sein du Céramique :
Ayant alors franchi le péristyle antique
Dont la porte s'ouvrit au bruit de son anneau :
— Où suis-je ? demanda l'esclave. — Chez Cydno. —

Hélion tressaillit. — Cydno, dit-il, arrête !...
Cydno, ton nom si doux que ma bouche répète,

Ton nom m'était connu : qui donc ne connaît pas

Cydno dont chacun vante et dépeint les appas ?

Mais que veux-tu, Cydno, d'un misérable esclave ?

Jouet infortuné d'un destin que je brave,

De silence et d'orgueil contre l'insulte armé,

Je suis haï de tous, de toi serais-je aimé ?

Quoi ! la belle Cydno, dont tout un peuple en larmes

Vient encenser souvent, vient supplier les charmes,

Cydno vers un esclave oserait se baisser ?

De ses bras dans la poudre irait le ramasser ?

Ne crois pas qu'à ce point ma vanité m'abuse !

Non, tu ne peux m'aimer ! C'est sans doute une ruse

Qui m'offre, en ce moment, quelque appât ennemi,

Quelque bonheur amer à connaître à demi !

O ! si des dieux régnaient sur la terre où nous sommes,

J'oserais me placer au rang des autres hommes ;

J'oserais croire aussi que j'attirai tes yeux ;

J'oserais même encor... mais il n'est pas de dieux.

Je suis tombé si bas que je tremble qu'un rêve,

Pour m'accabler demain, aujourd'hui me relève ! —

Mais Cydno l'entraînant : — Esclave, viens ici,

Dit-elle ; as-tu pensé qu'en me parlant ainsi,

Tu pourrais me contraindre à rompre cette chaîne

Dont mon amour te couvre et dont ma main t'entraîne ?

Crois-tu donc que Cydno haïsse la fierté ?

Pour n'être qu'un esclave, as-tu moins de beauté ?

Mon cœur ne s'est-il pas ému de tes tristesses ?...

Tu ne crois pas aux dieux : crois au moins aux déesses !

L'une d'elles, t'offrant d'inespérés secours,

Esclave, te convie à de divins amours ! —

Elle dit : Hélion, la suivant en silence,

Traversa sur ses pas un vestibule immense,

Arriva sur ses pas enfin au thalamus :

Il rougissait souvent ; ses sens étaient émus ;

Un air de volupté pénétrait dans son âme ;

Et malgré lui peut-être il en sentait la flamme.

Le riche thalamus, où l'esclave étonné,

Sur les pas de Cydno venait d'être amené,

Était d'un style simple, et d'une architecture

Dont le goût phrygien imitait la nature.

Les pilastres, ornés de chapiteaux de fleurs,

Construits en marbre rare et de plusieurs couleurs ;

Les tapis suspendus du haut de ces colonnes,
Bordés d'étoiles d'or, et couverts de couronnes,
Présents sans doute offerts à la divinité
Qui dans ce lieu discret dévoilait sa beauté ;
Un lit à pieds d'argent, garni de pourpre vive ;
Un autre lit moins grand, doux trône d'un convive ;
Une table de cèdre, et des cratères d'or ;
Des fleurs sur le plancher, et des fleurs même encor
Sur le lit séduisant où chaque jour s'éveille
Cydno fraîche et riante, alors aux fleurs pareille :
Tels étaient les objets qu'Hélion admirait.
Une lampe d'albâtre, odorante, éclairait
Ce séjour digne au moins des reines de l'Asie,
Ou des divinités que nourrit l'ambroisie.

— Assieds-toi sur ce lit ; prends ce myrte tressé
Où tu vois le narcisse à la rose enlacé ;
Couronne-s-en ton front : car des fleurs sur nos têtes,
Esclave, tu le sais, sont un signal de fêtes ;
Car un front couronné fait seul baisser les yeux,
Surtout quand il est beau, des femmes et des dieux ! —

Hélion obéit, s'efforce de sourire ;

Et regardant Cydno, veut parler, mais soupire.

Déjà des serviteurs on entendait les pas ;

Ils entrent, apportant un succulent repas

Dont chaque plat d'argent exhalait un arôme

Qui, même d'un cynique, eût pu refaire un homme,

Qui, du fier Pythagore et du divin Platon,

Aurait séduit le cœur et rabaissé le ton.

Comment le jeune esclave eût-il été plus sage ?

Quoiqu'un tourment secret assombrit son visage,

Il semblait activer son odorat charmé. —

Cypris, pensait Cydno, hait un homme affamé :

Eros a quelquefois Déméter pour nourrice ;

Et Bacchus le soutient de son nectar propice ! —

Perdrix d'un blond doré, tendres et blancs chevreaux,

Huîtres de Lipara, langoustes de Scyros,

Anguilles de Sicile et surmulets d'Hymette,

Vin de Thase embaumant comme la violette,

Tout, dans ce doux repas, tout eût, même des dieux,

Satisfait l'odorat, le goûter et les yeux !

Souvent deux ennemis qu'un bon repas rassemble,

Rapprochent leurs pensers, et sont heureux ensemble.

Mais sur deux cœurs aimants, que ne pourrait donc pas

Ce conciliateur, ce nuptial repas ?

— Esclave, dit Cydno, que ton esprit remonte

Au jours de ton passé : que ta voix les raconte !

Dis-moi tes actions, tes sentiments secrets !

Cydno sera muette, et ces murs sont discrets. —

Hélion soupirant : — « Ma triste destinée

» A de bizarres maux fut toujours condamnée,

Dit-il ; « et chaque jour a des instants d'horreur.

» Je ne puis y songer, en parler sans terreur.

» De si mortels pensers mon âme est poursuivie,

» Qu'il n'en faut qu'un de plus pour m'arracher la vie ! »

« Né libre, heureux, puissant, je suis Assyrien.

» Voyant en moi l'unique et le frêle soutien

» D'une antique famille au lointain vénérée,

» Mon père m'envoya dans une autre contrée,

» Afin que mon esprit, trouvant à s'éxercer,

» Acquit, en combattant, la vigueur du penser.

» Je partis ; mon vaisseau fut pris par un corsaire ;

» Je fus vendu : jamais je n'ai revu mon père !

» Jamais je n'ai revu le toît où je suis né !

» Mais esclave, avili, dans ces lieux amené,

» Je dûs cacher ma rage et respecter mes chaînes.

» En quittant mes foyers, j'espérais voir Athènes :

» Eussé-je cru trouver, dans la noble cité,

» Le tombeau de ma joie et de ma liberté ! »

« Un philosophe, un soir, vient souper chez mon maître.

» Il me voit, m'interroge, et cherche à me connaître.

» Ses yeux intelligents ne quittaient pas mon front :

» Il comprit que le sort m'avait fait un affront.

» Il m'acheta : sa main remit en équilibre

» Un homme renversé de son rang : je fus libre.

» Epicure est mon dieu, mon père, mon ami. »

« Dans mon étonnement, je crus avoir dormi.

» L'homme que le sommeil a fait esclave en rêve,

» Sent même encor les fers que le réveil enlève.

» Ainsi, dans mes pensers, incertain, agité,

» Libre, je n'osais pas croire à ma liberté.

» J'en acquis cependant l'heureuse certitude.

» Hélas!... Soit que mon âme aime l'inquiétude,

» Soit que l'homme, ô Cydno, ne puisse impunément,

» Se dégrader un jour, s'avilir un moment,

» Je perdis le repos, le bonheur, l'espérance :

» Je vis d'abord le monde avec indifférence,

» Puis avec amertume, enfin avec mépris;

» Le sillon de mes fers que mon âme avait pris,

» Se changeait chaque jour en saignante blessure;

» Tout se mourait en moi. C'est en vain qu'Epicure

» Me découvrait la terre et m'enseignait les cieux,

» Tout se mourait en moi : je ne pus croire aux dieux,

» Ni même à ces plaisirs dont, en son doux langage,

» Le maître nous offrait, nous colorait l'image!...

» Hélas! je ne sens pas le désir de revoir

» Ce père dont je suis sans doute encor l'espoir!

» Le souvenir, jadis si doux, de ma patrie,

» N'a plus aucun parfum pour mon âme flétrie!

» Et peut-être à l'aspect de mon toit dévasté,

» N'aurais-je en moi qu'un peu de curiosité?

» Non, l'ivresse à présent ne peut plus me surprendre;

» Et l'infortune enfin n'a plus rien à m'apprendre ! »

« O Cydno ! tu le vois, je porte en moi la mort.

» Heureux le meurtrier qu'agite le remord !

» S'il souffre plus que moi, du moins il se sent vivre.

» Heureux le faible esprit qu'un faible bien enivre !

» Il se fait un bonheur de tout à tout moment.

» Mais moi, je vis sans joie, ainsi que sans tourment.

» Ou si je sens en moi quelqu'allégresse amère,

» C'est mon dédain qui rit des heureux de la terre !

» L'histoire de ma vie est un hasard moqueur :

» Mais comment appeler l'histoire de mon cœur ?

» Mes pensers sont des fers dont je subis l'entrave ;

» Et je dois conserver l'ignoble nom d'esclave ! — »

— « Ami, lui dit Cydno, lors qu'il eut achevé,

» De ces pensers amers dont tu t'es abreuvé,

» Je crois que je connais, que même je possède

» Le salutaire oubli, le ravivant remède :

» Ton destin est cruel, tes maux sont douloureux ;

» Pourtant je te croyais encor plus malheureux.

» Cette mort de ton âme et cette inquiétude,

» Ami, ne sont qu'un rêve, une vaine habitude,

» Un funeste abandon rempli de lâcheté

» Que dompterait bien vite un peu de volonté.

» Nous verrons si ton cœur, toujours farouche et triste,

» A la vie, au bonheur, même à l'amour résiste !

» Auparavant je veux aussi te raconter

» Quels champs, quelle famille il m'a fallu quitter,

» Quels malheurs m'ont livrée à la honte, à l'outrage :

» Cela t'inspirera peut-être du courage ! »

« Il est, bien loin d'ici, sur un rivage heureux,

» Un vallon ignoré, couvert de bois ombreux,

» Semé de prés fleuris et de fontaines pures ;

» Chaque soir s'y remplit de parfums, de murmures :

» Berceau de mon enfance, ô vallon que j'aimais?

» Nid d'oiseaux et de fleurs, t'ai-je fui pour jamais,

» C'est en ces simples lieux, ami, que je suis née.

» De douze heureux printemps à peine couronnée,

» J'entraînais sur mes pas un jeune et beau berger ;

» Il me montrait ses champs, sa maison, son verger,

» M'adressant les doux noms de maîtresse et d'épouse :

» Ardent à me chercher, de le revoir jalouse,

» Sans rien comprendre encor à ce que nous sentions,

» L'un de nous n'était bien qu'où tous deux nous étions.

» Nous nous aimions enfin comme on aime à cet âge

» Où l'œil est innocent, le sang pur, le cœur sage !

» De ce premier amour, où je ne fus que sœur,

» J'aime à me rappeler le calme et la douceur ! »

« Un jour, au bord des flots, j'errais seule et pensive ;

» J'aperçus une barque attachée à la rive :

» Déjà je l'admirais avec naïveté,

» Quand un jeune étranger parut à mon côté ;

» Ses actions parlaient autant que son langage ;

» J'en reçus le premier, le plus cruel outrage.

» Mais soit qu'après son crime il craignît que ma voix

» N'appelât contre lui des vengeurs et des lois ;

» Ou soit que ma pâleur, ma douleur et mes larmes,

» Même après un outrage, eussent encor des charmes,

» Je sentis sur mon sein ses bras m'environner ;

» Dans sa barque, en un mot, il osa m'entraîner.

» Nous partîmes : je vis fuir au loin le rivage

» Où je laissais la paix, mon cœur et mon jeune âge.

» Doux vallon, pour jamais je cessai de te voir !...

» La voile était tendue, et les zéphirs du soir

» Semblaient hâter encor notre marche rapide.

» Bientôt la nuit tomba. Prenant alors pour guide

» Un fanal allumé sur un rocher lointain,

» L'inconnu traversa la mer jusqu'au matin.

» Nous touchâmes enfin au rivage d'une île

» Où j'aperçus le port et les murs d'une ville.

» C'est là que j'ai vécu dans la honte et les pleurs.

» Las d'irriter toujours de muettes douleurs,

» Ou d'un coupable amour rassasié peut-être,

» Mon jeune ravisseur devint un cruel maître.

» Il me vendit enfin ; et je tombai dès-lors

» Dans la froide apathie où meurent les remords.

» Quand dans la honte, ami, l'homme consent à vivre,

» Il trouve des pensers dont le poison l'enivre ;

» De sophisme et d'erreur sa raison se nourrit ;

» Au sein du crime même, il est calme, et sourit. »

« Un vieil athénien, riche encor plus qu'avare,

» Me vit chez le marchand, trouva ma beauté rare,

» En devint même épris, et voulut m'acheter ;

» C'étaient cent pièces d'or qu'il lui fallait compter :

» Je n'oublierai jamais les mouvements risibles

» Qu'il fit en ruminant ces cent pièces terribles.

» Il semblait admirer mon teint, mes traits, mes yeux ;

» Puis d'un ton caressant et malgré lui joyeux,

23

» Il parlait au marchand de son peu de fortune,

» Offrait vingt pièces d'or, puis en ajoutait une,

» Puis deux, puis trois ; enfin, après un long effort,

» Après de grands soupirs, tout pâle, presque mort,

» Il conclut le marché : je passai dans ses chaînes ;

» Et je fis avec lui le voyage d'Athènes.

» Son amour, stimulant sa libéralité,

» Me laissa des trésors ; sa mort, la liberté. »

« Clients de ma maison, un cercle de prytanes

» Me comptèrent bientôt au rang des courtisanes ;

» Des rois me demandaient, les yeux mouillés de pleurs,

» Pour leur couronne d'or ma couronne de fleurs ;

» Esclaves d'un sourire et jouets d'un caprice,

» Des juges à mes pieds prosternaient la justice ;

» Riant à mes côtés de leurs dieux impuissants,

» Des pontifes m'offraient leur cœur et leur encens ;

» Tandis que sur mes pas une ardente jeunesse

» Célébrait mes beautés et me nommait déesse ;

» Et que le philosophe ornait ses longs discours

» Pour caresser en moi la mère des amours.

» J'ai vu souvent chez moi l'avide parasite

» Oublier, devant moi, le but de sa visite ;

» J'ai vu le statuaire, après un seul regard,

» Déposer son ciseau, m'aimant mieux que son art;

» J'ai vu le peintre illustre et l'illustre poète,

» L'un trouver sa couleur pour me peindre imparfaite,

» L'autre, d'Anacréon implorant les accents,

» Chercher des chants plus doux, des mots moins impuissants,

» Pour attaquer mon cœur et pour flatter mes charmes :

» J'ai vu leur désespoir, leur honte dans leurs larmes !

» Que te dirais-je enfin ? mortelle, j'ai goûté

» Les orgueilleux plaisirs de la divinité ! »

« Sans doute on t'a conté l'histoire d'Eurydice,

» Et le serpent mortel qui sous les fleurs se glisse :

» Or, Cydno d'Eurydice a suivi le chemin,

» Et comme elle trouvé le serpent sous sa main.

» Il n'est point de beau jour que la nuit ne remplace ;

» Il n'est point de doux miel dont la saveur ne lasse.

» Ces plaisirs que j'aimais, sont des maux aujourd'hui :

» Le serpent d'Eurydice est pour Cydno l'ennui.

» Contre cet ennemi qui m'enlace et m'obsède,

» Hélion, que veux-tu que j'appelle à mon aide ?

» Nos dieux !... en est-il donc que je n'aie implorés ?...

» Que puis-je, quand je vois dans nos temples sacrés,

» Sur un marbre vivant, la déité suprême

» N'avoir d'autres plaisirs que tous ceux que moi-même

» J'ai longuement usés, et dont l'éternité

» N'offre rien d'attrayant à mon cœur dégoûté?

» Oserais-je implorer une déesse impure

» Qui des faibles humains partage la luxure,

» Et qui ne peut donner les biens qu'elle n'a pas,

» La douce paix du cœur, le mépris du trépas,

» Le dédain de la gloire et des honneurs fragiles,

» Tout ce qui peut hâter le vol des jours agiles?

» O Cypris! tu le sais, mes désirs languissants

» M'ont souvent entraînée à t'offrir mon encens!

» Souvent de mes sanglots sortit une prière!

» Seulement à tes pieds j'ai cessé d'être fière!

» Mais pour tant de désirs, de pleurs mêlés de cris,

» Pour tant d'humilité, de bassesse, ô Cypris!

» Tu ne m'as rien donné qu'un retour de misère,

» Que la vanité d'être en exemple à la terre,

» Que l'art de retenir d'un coup d'œil mille amants,

» Que de nouveaux amours et de nouveaux tourments!

» Mais en dépit de toi, mon âme qui soupire,

» Méprise et ne veut plus supporter ton empire!

» Ou plutôt, la raison guidant enfin mes yeux,

» M'ouvre et me montre un ciel qu'abandonnent nos dieux!

» Un ciel tout différent de la terre où nous sommes !
» Et qui n'est point peuplé des passions des hommes ! »

« Hélion, tu le vois, je doute, comme toi,
» Que le ciel éternel ait nos dieux et leur roi :
» Comme la tienne enfin, ma pensée est amère.
» J'ose déshériter le roi des dieux d'Homère :
» Mais je n'ose affirmer qu'une autre déité
» N'a point placé plus haut son trône redouté,
» Sans avoir de nos dieux l'impudique cortège !
» Oui, ne croire qu'à nous me semble un sacrilège.
» Cent fois j'ai reconnu qu'il est certains moments
» Où notre âme s'emplit de longs étonnements :
» Soit qu'au bout de l'hiver l'olivier refleurisse,
» Soit que la mer immense en s'agitant mugisse,
» On sent qu'un dieu puissant vient de chasser l'hiver,
» Et que c'est encor lui qui tourmente la mer !
» Puis quand le jour se meurt sur la cité d'Athènes,
» Et que je songe alors à mes amours lointaines,
» Ami, j'aime à penser que ce dieu tout-puissant,
» Dont nul n'a dit le nom, mais que notre cœur sent,
» Sur un sol lumineux, ou sous des voûtes sombres,
» Dans une paix sans fin, réunira les ombres

» De ceux qui m'ont aimée, et que je reverrai

» Tous ceux que plus ou moins moi-même j'adorai !

» Ames alors, de fleurs, de raison couronnées,

» Nous ne songerons plus à compter les années ;

» Nous n'aurons du passé qu'un souvenir charmant ;

» Et l'avenir pour nous sera pur de tourment.

» Ce rêve séduisant, ami, te fait sourire !

» Que ne peux-tu plutôt partager mon délire ?

» Et me chérir assez pour que l'éternité

» Te trouve le premier sans cesse à mon côté ! »

« Ainsi, lasse d'amour, de triomphe, de gloire,

» Sans adorer les dieux, et presque sans y croire,

» Indifférente à tout, je sentais, comme toi,

» Le désir se lasser, s'anéantir en moi !

» En vain dans le Portique et dans l'Académie,

» Je puisais en secret une sagesse amie :

» Rassurée un instant par un docte orateur,

» Bientôt je méprisais son discours séducteur ;

» Et de ma faible main je renversais, moi-même,

» Le temple colossal qu'élevait son système !

» Car nos sages encore, en détruisant nos dieux,

» Pour repeupler le ciel n'ont point su trouver mieux ;

» Et nul d'entre eux n'a pu regarder dans la tombe,

» Sans que son espérance ou sa raison n'y tombe.

» Je connais de Thalès le *principe moteur;*

» J'aime à voir dans l'*esprit* l'universel acteur

» Qui change incessamment les choses de ce monde :

» Mais Thalès a laissé dans une nuit profonde

» Le Dieu dont il remplit son *humide* univers ;

» Et de la même nuit tous les morts sont couverts.

» J'admire les calculs du divin Pythagore ;

» Son *monde harmonieux* me séduit mieux encore :

» Mais je n'ai pu jamais me souvenir assez

» Des jours que j'ai vécus dans les siècles passés,

» Pour compter et nommer, comme l'a fait le sage,

» Les corps que j'animai durant ce long voyage ! » —

A ces mots, Hélion vers Cydno s'avançant :

— « Ce système raillé, je l'admets à présent;

» Près de Cydno, dit-il, il est aisé d'y croire ;

» Et je veux, de Cydno, secourir la mémoire.

» Cydno, dans l'origine, était parmi les fleurs,

» Celle que l'on choisit pour ses fraîches couleurs,

» La fleur au doux parfum que le matin arrose

» Avec un tendre amour, et qu'on nomme la rose :

» N'as-tu pas, pour garant d'un principe pareil,

» Sur tes charmes d'albâtre un reste de vermeil ?...

» Cydno devint ensuite une abeille dorée

» Qui rend à l'homme un bien dont elle est enivrée,

» Qui du doux miel des fleurs sait faire un miel plus doux :

» Cydno, ton cœur si bon, si secourable à tous,

» N'est-il pas le témoin des choses que j'avance ?

» O ! l'homme a dû t'aimer avec reconnaissance !..

» Cydno devint encor l'oiseau mélodieux

» Qui n'aime que la nuit, qui, fuyant tous les yeux,

» Répand ses doux accords du sein de la feuillée,

» Et ravit au sommeil la terre émerveillée :

» J'en atteste, Cydno, la douceur de ta voix,

» Tu fus cet aédon, charme du soir des bois !

» Et j'en atteste aussi cette heureuse retraite

» Où, fuyant tous les yeux, ta volupté secrète

» Enseigne le plaisir à des mortels surpris !

» Cydno devint enfin Cydno, Grâce et Cypris. »

Mais Cydno souriant : — « Finis, ami, dit-elle.

» Cette louange est douce et ton idée est belle.

» Je vois qu'en peu de temps l'homme apprend à flatter.

» Je t'entendrai plus tard : toi, songe à m'écouter ! »

« Pythagore, disais-je, est un sage sublime :

» Mais sa doctrine au fond est encore un abîme.

» Pourquoi l'âme, du feu pure émanation,

» Subit-elle longtemps cette migration?...

» Laissons dormir en paix, dans le pays des songes,

» Le hasard, le sophisme, et les autres mensonges.

» Arrivons à Socrate. Esclave, qu'en dis-tu?

» Ne respecte-tu pas son austère vertu?

» Pour lire dans nos cœurs sa vue est sans égale;

» Le sentiment du juste inspira sa morale;

» Il trace un grand portrait de la divinité;

» Et chaque mot de lui semble une vérité.

» Pourtant il nous conduit à son tour jusqu'au doute :

» Tu connais les tourments de cette horrible route.

» Son Dieu veille sur l'homme, et son dieu veut le bien :

» Mais dans quel but, cela? Socrate n'en dit rien;

» Platon donne lui-même une réponse obscure.

» Te parlerai-je enfin de ton maître Épicure?

» Plus il est éloquent, ami, plus je le crains.

» Il reconnaît des dieux, mais ses discours sont vains :

» On sent qu'au fond du cœur Épicure est athée.

» Présageant le néant à mon âme attristée,

» Pourquoi m'enseigne-t-il le plaisir et l'amour ?

» Il fait haïr un bien que l'on doit perdre un jour :

» Car la peur de quitter une volupté chère,

» C'est parmi tous les maux la plus grande misère !

» Peut-être est-ce ton mal ? enfin parlons de toi. »

« Je t'ai vu, dès l'abord, avec un vague effroi.

» Ton regard sec et fier, tes lèvres sans sourire,

» Me causaient une horreur que je ne puis te dire !

» Déjà je t'accusais d'avoir armé ta main,

» D'avoir impunément versé le sang humain !

» Observant avec soin ta plus simple attitude,

» De pénétrer ton cœur j'ai fait longtemps l'étude.

» J'ai lu, — l'aveugle amour a souvent de bons yeux —,

» J'ai lu ton désespoir, ton mépris pour les dieux,

» Ton rêve du repos, ton amertume d'être,

» Ton besoin de la mort enfin pour la connaître,

» Oui, j'ai lu tout cela dans tes yeux, sur ton front !

» Ton calme à mes appas fit un cruel affront :

» Mais j'avais vu chez toi la même indifférence

» Accueillir Épicure et sa noble éloquence !

» A ta tristesse enfin j'ai su m'accoutumer ;

» Je t'ai cru malheureux : j'ai fini par t'aimer ! »

» Sache donc dans quel but Cydno t'admet chez elle !

» Je te parle sans fard : je t'aime et je suis belle.

» Je t'aime, et de tes maux je prétends te guérir.

» Je suis belle, et sais l'art de me faire chérir.

» Au désir du néant qui toujours te dévore,

» Cydno peut t'arracher, puisque Cydno t'adore !

» De cet affreux ennui qui flétrit mon été,

» A ton tour sauve-moi, fût-ce pour ma beauté !

» Fuyons, si tu le veux, les murmures d'Athènes.

» Allons revoir tous deux nos maternelles plaines !

» Nous n'y porterons plus des sens intacts et purs,

» Des cœurs insoucieux de nos destins futurs :

» Mais la simplicité des paisibles vallées

» Peut-être séduira nos âmes désolées;

» Nous apprendrons peut-être à sourire au printemps,

» A l'aurore, à la rose, aux!aédons chantants !

» Et ce dieu, grand auteur de disputes frivoles,

» Ce dieu qu'Athènes cherche au sein de ses écoles,

» Ce dieu, visible enfin à notre ardent regard,

» Ce dieu peut-être aussi nous attend quelque part !

» Qui sait si, d'une erreur poursuivant la chimère,

» Nous ne cherchions ce dieu sur un chemin contraire ?

» Qui sait si, dans les champs et loin de nos cités,

» Nous ne trouverons point de nouvelles clartés?

» Notre âme, qu'aujourd'hui tant de dégoût abreuve,

» Peut, en cherchant la source, avoir suivi du fleuve

» Le cours impétueux qui descend vers la mer :

» Gouffre immense, où tout est inconcevable, amer ! » —

Ainsi parla Cydno. Sans davantage attendre,

Jetant sur Hélion un regard long et tendre,

Elle ôta lentement son voile tissu d'or,

Sa ceinture d'argent; plus lentement encor,

Elle laissa tomber sa robe purpurine :

Moins charmante apparut, dit-on, Cypris marine.

Rougissant de désir et d'admiration,

Un moment immobile et muet, Hélion

S'écria tout-à-coup : -- Qu'elle est divine et belle ! —

Mais laissant dérouler ses longs cheveux sur elle,

Cydno s'en fit bien vite un autre vêtement :

Qu'elle était belle encor sous ce voile charmant !

— Je t'aime ! — dit l'esclave... il s'avance, il soupire...

Il tend les mains... il voit... il voit Cydno sourire,

Accourir d'elle-même entre ses bras émus...

Eros entre aussitôt au sein du thalamus ;

Unissant de la main deux boucles enflammées,
Il secoua dans l'air ses ailes parfumées.

Bientôt Aurore vint, messagère du jour,
Terminer une nuit consacrée à l'amour.
S'éveillant au baiser d'un rayon qui la dore,
D'amour et de plaisir Cydno sourit encore ;
Mais redoutant du jour ce faible et doux rayon,
Ses beaux yeux entr'ouverts ne cherchent qu'Hélion.
Ils le cherchent en vain. Cydno tremble et se lève.
— « O dieux ! chassez d'ici cet effroyable rêve !
Dit-elle ; « est-ce Hélion que je vois étendu ?
» Hélas ! est-ce son sang que je vois répandu ?
» Qui donc dans ma demeure a fait entrer le crime ? » —
Saisissant dans ses bras une chère victime,
Cydno la couvre alors de baisers et de pleurs,
Et demeure muette au sein de ses douleurs.

Cependant Hélion s'agite et veut sourire.
— « Insensé, dit Cydno, quel horrible délire
» Contre ta propre vie a donc armé ton bras ?
» Ai-je accueilli chez moi le plus grand des ingrats ?

» Pendant que mon amour lui livrait tous mes charmes,

» Son dédaigneux orgueil me condamnait aux larmes!

» Oserais-tu nier ton horrible forfait?

» Qui donc t'aurait frappé, si tu ne l'as pas fait?

» Toi seul est l'homicide! et j'ai, pour m'en instruire,

» Ce poignard que tu tiens... et ton affreux sourire! » —

— « Cydno, dit Hélion, c'est toi qui m'as tué!...

» Ce sang, en s'écoulant, m'a presque exténué :

» Je cherche en vain les mots que je veux faire entendre.

» La mort heureusement ne se fait pas attendre.

» N'appelle aucun esclave : il ne me rendrait pas

» L'existence qui fuit de mon corps à grands pas;

» Et contre le néant je ne veux plus combattre.

» Pour ranimer mon cœur qui va cesser de battre,

» Verse dans un cratère un vin pur jusqu'aux bords :

» C'est le dernier!... le vin est inutile aux morts! » —

Sans répondre, Cydno prépara le cratère :

Elle y laissa tomber plus d'une larme amère.

Hélion le vida tout entier, et reprit :

— « Salut, divin nectar que tout mortel chérit !...

» C'est toi qui m'as tué, Cydno, je le répète.

» J'ai goûté dans tes bras la volupté parfaite :

» Vivrais-je encor cent ans, que j'attendrais en vain

» Une ivresse plus vive, un plaisir plus divin !

» Si du miel le plus doux l'habitude dégoûte,

» — Epicure l'a dit ; tu t'en souviens sans doute ! —

» J'ai craint de savourer plus longtemps ton amour.

» Je pouvais m'en lasser : qu'eussé-je fait un jour ?

» Mais semblable au gourmet qui ne quitte la table

» Qu'après avoir goûté quelque fruit délectable,

» Emportant sur sa lèvre une exquise saveur,

» Après le plus charmant, le plus divin bonheur,

» Volupté qui demain aurait été suivie

» Par de moins doux plaisirs, moi, je quitte la vie ! »

« Mourir !... qu'est-ce, Cydno, que le sombre trépas ?

» Cette situation que tu ne connais pas,

» Ne devrait t'imposer qu'un solennel silence :

» Pourquoi de ces sanglots la vaine véhémence ?...

» Toi-même tu l'as dit : nos sages ont cherché

» A pénétrer la nuit de ce destin caché

» Qui, seul, sera commun à la race des hommes ;

» Devenus moins savants encor que nous le sommes,

» Nos sages stupéfaits ne nous ont rien appris,

» Hormis de regarder la vie avec mépris,

» Et de nous avancer sans crainte, sans tristesse,

» Vers ce dernier combat de l'homme, où l'homme cesse !

» En vain Homère a dit, dans un siècle d'erreur,

» Que l'esclave indigent d'un pauvre laboureur

» L'emporte sur le roi du peuple entier des ombres ;

» Déjà sur le chemin qui conduit aux lieux sombres,

» Je déments aujourd'hui cet antique propos ;

» Je crois que je m'en vais, Cydno, vers le repos ;

» Je crois que du malheur mon poignard me délivre.

» Rien ne m'accuse encor d'avoir cessé de vivre :

» Mais dussé-je arriver au fond des noirs enfers,

» J'aurai changé de maux, j'aurai changé mes fers !

» Ce changement du moins peut avoir quelques charmes ;

» Et mon ennui me veut apprendre d'autres larmes ! » —

— « Eh ! bien, gémit Cydno, si tu meurs, je péris.

» Je vivais pour toi seul ; c'est toi que je chéris.

» De ton affreux néant j'accepte le partage :

» Mais souffrir avec toi me plairait davantage !

» Quelque soit ce trépas où ta main te conduit,

» J'en veux le bien, le mal, la lumière ou la nuit ! » —

Mais Hélion tremblant sur un bras se soulève.

— « Qu'ai-je dit? reprit-il ; mort, permets que j'achève !

» Ta proie est assurée et ne te fuira plus ;

» Mes instants sont finis, mes jours sont révolus....

» Cydno, je te trompais ! écoute, et me pardonne.

» Il faut vivre, Cydno : c'est moi qui te l'ordonne !

» Si pour toi mes baisers ont eu quelque douceur,

» Respecte un dernier mot échappé de mon cœur !...

» Je te trompais, Cydno ! plus je sors de la vie,

» Plus je crains de la mort ma trop funeste envie !

» Je doute du repos que j'espérais trouver !

» Il est des dieux, Cydno !... Je ne puis achever...

» Hélas ! ma voix s'éteint lorsque j'ai tant à dire !...

» Il me semble qu'un voile à mes yeux se déchire...

» Contre tes jours, Cydno, n'arme jamais le fer !

» Vis ! et levant les mains vers le splendide éther,

» Adore quelquefois le dieu que cherche Athènes !

» Socrate est près de lui... Platon... » —

Paroles vaines!

24

Il meurt. Cydno saisit le fer ensanglanté.
— « Cypris! s'écria-t-elle avec calme et fierté,
» On dit que je t'ai dû ma forme enchanteresse :
» Prouve que tu n'es pas une fausse déesse,
» En protégeant ici, contre un glaive inhumain,
» Ce sein délicieux, ouvrage de ta main! » —
Cydno regarde, attend, se met presque à sourire;
Elle se frappe enfin, tombe, gémit, expire.

Cependant du matin les premières rumeurs
Grossissaient, se changeaient en bruyantes clameurs :
Athènes s'éveillait. Déjà chaque portique
Vomissait sur la place un flot de peuple attique.
Les juges s'assemblaient; et des mortels pieux
Renouvelaient l'encens sur les autels des dieux.

NOTES.

Moi, je trouve Vénus plus coulant qu'Aphrodite.
   Préface, *page* **xij.**

Je ne crois pas que le mot de *Vénus* soit plus harmonieux que celui d'*Aphrodite*. Mais *Diane* ne vaut pas *Artémis*. Les mots des Grecs, de ces Grecs *quibus dedit ore rotundo Musa loqui,* fussent-ils plus durs que ceux qui nous sont venus du latin, devraient encore être respectés et conservés par des écrivains qui se piquent d'aimer la vérité historique et la localité poétique.

Je ne trouve pas pour quelle raison *Odysse* se changerait en *Ulysse* dans la bouche d'Homère, ainsi que dans celle de Virgile. Pour quelle raison encore a-t-on banni ce nom si doux de l'*Hellade,* qui est le mot propre, le plus national, sinon le plus antique de la Grèce? Nous ririons pourtant d'un auteur qui se permettrait de parler de *la France* et de *l'Espagne* sous les Romains.

L'aveugle de Chio rirait comme ses dieux.
   Préface, *page* **xij.**

Comme les Grecs je ferai naître *Homère* dans plusieurs villes, dans plusieurs contrées différentes : il y a liberté complète là-dessus.

Salut! trois fois salut, esprit mystérieux!
Page 23.

On voit, par la répétition du mot *salut,* que je n'ai point fait du *sonnet* cette chose à peu près impossible que l'Apollon de Boileau inventa pour pousser à bout les rimeurs français, et dans laquelle il ne permit pas qu'un mot, déjà mis, osât se remontrer. Je regarde le *sonnet* comme une petite coupe élégante, propre à recevoir une goutte de pensée, et non comme un vase bizarre qui n'a de prix que par la difficulté de son ornementation.

LE VIEILLARD ET LA FAUTE.

Page 118.

J'ai fait, dans ce dialogue, une certaine violence à l'idée que nous attachons au mot *faute*; j'aurais dû écrire : Le vieillard et le *péché.* Mais en lisant ce poème, on sentira qu'il me fallait nécessairement un être métaphysique qui appartînt à un sexe renommé pour ses charmes, et, j'en demande pardon à bien des personnes, pour ses défauts.

BALLADES ROMANTIQUES.

Page 151.

Je ne donne point ces premiers poèmes sur le moyen-âge, comme des tableaux historiques, mais comme des tableaux de genre : le reflet et le costume, voilà tout ce qu'elles contiennent. Mais la plupart des ballades qui suivront celle-ci, auront des dates précises

Un luth orné de fleurs et de plumes de paon.
Page 186.

On couronnait les ménestrels avec des plumes de paon, et on leur faisait présent d'une églantine.

Il est un doux pays où vivent les sylphides.
Page 192.

Ceci est imité, en partie, d'un vieux fabliau français.

ROMANCÈRE DE GRENADE.
Page 239.

Romancère est un joli mot espagnol, qui n'a point d'équivalent dans notre langue.

Jadis dans Grenade, un Abencerrage.
Page 241.

Je conserverai, autant que possible, l'orthographe espagnole des noms de pays, de villes, de races, de familles mauresques. Mais si jamais je fais parler un maure, dans un poème vraiment historique, il dira *Mohammed*, et non *Mahomet*. Ainsi du reste.

A Plaisir-des-yeux le vaillant Hakem.
Page 260.

Il me semble que l'on pourrait quelquefois traduire les noms caractéristiques : ils ont souvent, après cette transformation, une grâce, une naïveté généralement mieux senties. *Etoile-du-matin*, *Rose-du-soir*, *Plaisir-des-yeux*, sont agréables, même en français. Je crois qu'*OEdipe* est préférable à *Pieds-Enflés* : néanmoins ce dernier nom me semble plus naturel et plus historique. La plupart des noms des Sauvages ont besoin d'être interprétés : cette interprétation ajoute un trait, souvent lumineux, à la peinture des passions et des usages de ces peuples.

Des enfants d'Issa pauvre prisonnière.
Page 266.

Issa est le nom arabe de Jésus.

Rame de Phénicie ! inventrice des ports !
Page 271.

Cette chanson se trouve dans l'Hélène d'Euripide.

Muses, vous qui portez des robes odorantes.
Page 281.

Ce vers est traduit d'Homère.

Te priant, ô Cypris !
Page 283.

Aphrodite est le nom grec de *Vénus* le plus usité chez les anciens; mais *Cypris*, nom grec aussi, entre plus aisément dans la versification française.

Cette élégie m'a été inspirée par un joli groupe de sculpture moderne.

De l'élégant pavot la corole pourprée.

Page 290.

Les amants grecs avaient coutume de déchirer les pétales du pavot ; et, suivant le son que ce déchirement avait produit, ils présageaient leur bonheur ou leur infortune. La petite paquerelle est encore chez nous l'oracle de l'innocence.

Ni le sombre Alastor, ni la noire Erynnis,

Ni la terrible Até,...

Ni les trois déités dont nul ne dit le nom.

Page 294.

Alastor, génie malfaisant, connu par les tragiques.— *Erynnis,* déesse de la vengeance ou du désespoir. — *Até,* déesse de la sombre folie.

On ne prononçait jamais le nom des *Furies.*

Qui semblent les échos des chants des Aonides.

Page 299.

Aonides, nom des Muses.

Tu connais aussi bien que l'antique Agamède.

Page 315.

Homère parle d'*Agamède* dans le XIe livre de l'Iliade.

Tu vas vers Ortygie...
Page 317.

Ortygie, une des trois villes qui composaient Syracuse.

Artémis est pour toi...
Page 318.

Artémis, nom grec de *Diane.*

J'ai vu le fontainier, le hoyau dans la main...
Page 322.

Imitation de deux vers d'Homère.

Hélas ! elle a dit vrai, la vieille hydromantienne !
Page 333.

Parmi les devineresses de Thessalie, il y en avait qui prédisaient l'avenir au moyen d'un anneau suspendu sur un vase plein d'eau : de là leur nom d'*hydromantiennes.* Elles écoutaient le bruit produit par l'anneau, chaque fois qu'il frappait les parois du vase.

Le bonheur, disait-il, est dans le cœur humain.
Page 339.

Dans ce discours d'Épicure, on a rappelé quelques-unes des principales maximes de sa philosophie ; on a reproduit jusqu'à ses images.

Ils marchaient : cependant la colline d'Arès...

Ils entrèrent alors au sein du Céramique.

    Page 342.

La colline d'*Arès* est la colline de *Mars*. — Le *Céramique* était un des plus beaux quartiers d'Athènes (proprement, *les Tuileries*).

Eros a quelquefois Déméter pour nourrice.

    Page 346.

Eros, Amour ; *Déméter,* Cérès.

Clients de ma maison, un cercle de Prytanes.

    Page 354.

Les *prytanes,* au nombre de cinq cents, composaient le sénat.

Je connais de Thalès le *principe moteur* ;

J'aime à voir dans *l'esprit* l'universel acteur

Qui change incessamment les choses de ce monde :

Mais Thalès a laissé dans une nuit profonde

Le dieu dont il remplit son *humide* univers.

    Page 359.

D'après Thalès, l'*eau* est le principe constitutif des choses, et l'*esprit* en est le principe moteur. On connaît trop les travaux et le système de Pythagore, pour que nous nous en occupions ici.

Tu fus cet aédon, charme du soir des bois !
Page 360.

Aédon, mot charmant, nom grec du rossignol.

Platon donne lui-même une réponse obscure.
Page 361.

On sait que Platon ne parle de l'immortalité de l'âme que comme d'une *probabilité.*

En vain Homère a dit, dans un siècle d'erreur,

Que l'esclave indigent d'un pauvre laboureur

L'emporte sur le roi du peuple entier des ombres.
Page 368.

Homère met ces paroles dans la bouche d'Achille. On voit que les Grecs avaient, sur la vie et sur la mort, des doctrines on ne peut plus désolantes.

ERRATA.

Page 84.
Au lieu de : Ont jadis répondu les cités et les arts.
Lisez : Ont jadis répandu les cités et les arts.

Page 144.
Au lieu de . Le cœur humain se ressert et se tord ;
Lisez : Le cœur humain se resserre et se tord ;

FIN.

TABLE DES MATIÈRES.

Pages.

III. POÈMES ANTIQUES.

FIN DE LA TABLE DES MATIÈRES.